KB119324

어쨌든 집으로 돌아갑니다

어쨌든 집으로

とにかくうちに帰ります

돌아갑니다

쓰무라 기쿠코 소설 | **김선영** 옮김

한겨레출판

차례

직장의 매너

블랙박스

　그건 어렵겠는데요, 라고 하는 다가미 씨의 목소리가 들려와 나는 고개를 돌려 그녀를 보았다. 그러나 다가미 씨는 수화기를 쥔 채로 단 하나도 어렵지 않다는 표정으로 그러게요, 아무래도 신중히 처리해야 하고, 그렇게 바로 작성할 수 있는 것도 아니다보니, 하고 나긋나긋 말하면서 왼손을 정확하게 움직여 책상 서랍에서 서류를 꺼내고 있었다. 수화기를 내려놓은 다음에는 머그컵에 담긴 차를 마시더니 한숨을 휴 내쉬고 천천히 펜을 들어 서류를 작성하기 시작했다.

　다가미 씨가 앞으로 15분 안에 저 일을 끝내리라는 것을 나는 안다. 입으로는 한 시간이라고 하지만, 다가미 씨라면 사실 15분이면 처리할 수 있다. 방금 전은 전화로 연락이 왔으니 속이기도 쉬웠으리라. 직접 얼굴을 맞대더라도 역시나 난처한 표정 연기가 일품인 다가미 씨는 그건 어렵겠는데요, 하고 몇 번 말투를 바꾸어 말함으로써 실제로 그 일을 하는 데 걸리는 시간의 서너 배를 확보한다. 그렇게 시간을 벌어도 쉴 새 없이 일이 밀려들기 때문에 늑장을 부릴 여유는 없지만.

다가미 씨는 서류 작성이 끝나면 영업사원에게 말한 시한에서 30분쯤 뺀 시간을 메모해 젬클립으로 서류에 끼운 뒤 책상 바로 옆에 있는 창가 캐비닛 위, 원래는 백중 선물로 들어왔던 검은색 전병 상자에 넣어버린다. 자리로 돌아가서는 데스크매트 안에 넣어두는 예정표에 방금 전 검은 상자로 들어간 서류에 첨부한 시각을 적어 넣는다. 그런 다음 거기 적힌 시간에 맞추어 서류를 영업부에 넘기면 끝이다.

다가미 씨는 이따금 예정표와 서류의 시간을 고쳐 쓸 때가 있다. 일을 부탁한 사원이 나중에 억지를 부리는 경우다. 늘 생글생글한 다가미 씨가 정색을 하고 아주 조금 거친 손놀림으로 먼저 메모한 시간보다 더 늦은 시간을 써넣는다. 네 시 반까지 안 주면 큰일 난다고요, 그렇군요, 그거 큰일이네요, 하고 전화기에 대고 인자하게 말하면서 서류의 메모에 '16:29'라고 쓰는 모습을 본 적이 있다. 다가미 씨의 그런 표정은 그녀 나름대로 화가 났다는 표현이다. 엉터리 지시가 떨어지거나 얼렁뚱땅 넘어온 일을 맡았을 때도 다가미 씨는 평소보다 더 시간을 오래 끈다. 응대하는 말도 "그건 어렵겠는데요"가 "그건 불가능할지도 모르겠네요"나 "밀린 일이 많아 한참 걸리겠는데요"로 바뀐다.

어느 날은 다가미 씨가 평소보다 높은 빈도로 서류를 돌려줄 시간을 뒤로 미루고 더 오래 시간을 끌기에 지나가는 말처럼 많이 바쁘냐고 물어보자 그녀는 가키우치 상무가 억지를 부려 난처하다고 아주 살짝 투덜거렸다. 나도 상무와 몇번 일을 해본 적이 있어 잘 안다. 확실히 그 사람은 업무 지시도 돌발적인 데다 회사에서 여자들이 하는 일을 경시하는 경향마저 있다. 그런 주제에 막상 일을 넘길 때는 기한조차 말해주지 않고, 우리가 여자라 해도 부릴 수 있는 간단한 마법으로 최대한 빨리 작업을 처리해줄 거라 믿고 있다. 가키우치 상무뿐만 아니라 회사에는 그런 사람이 많다. 단골 거래처를 상대하는 건 어려워하면서도 회사 직원들한테 맡기는 일거리에 대해서는 세상 물정 모르는 공주님처럼 말만 하면 다 되는 줄 안다.

다가미 씨가 이따금 무서우리만치 진지한 눈빛으로 바라보는, 제목도 없어 평범하기 그지없는 공책은 사실 회사 직원들의 성적표가 아닐까? 나는 그렇게 의심하고 있다. 업무

성적이 아니라 인성을 채점한 성적표다. 그 성적 여하에 따라 다가미 씨는 작업 마감 시간을 정하는 것이다. 성실한 사람에게는 가급적 빨리, 평범한 사람에게는 타당한 시간에, 망나니에게는 식은땀이 날 정도로 스릴 넘치는 시간에.

나와 같은 업무를 하는 선배 조노우치 씨와 이야기를 나누면서, 다가미 씨의 세밀한 시간 관리는 자기 업무에 대한 브랜딩이 아닐까 하는 말이 나왔다. 실제로 회사 남자 직원들이 다가미 씨의 업무를 아무나 할 수 있는, 글자만 써넣으면 끝나는 일이라고 우습게 여긴다는 사실은 그들이 하는 말끝마다 묻어난다. 우리 눈에는 그런 남자 직원들이 어리석게 보이지만 말이다. 하지만 사실 다가미 씨는 입사 이래로 다져온 정확한 업무 능력을 과시하지 않고, 능력이 뒷받침하는 정확성을 시간에 따르는 결과인 것처럼 가장하여 본인의 업무에 어느 정도 난이도가 있음을 보여주려는 의도가 아닐까? 요컨대 15분이면 할 수 있는 일을 한 시간 걸리는 것처럼 속여, 이건 쉬운 일이 아니란다, 너희는 고마운 줄 알아, 하고 주장하는 것이다. 담당 업무의 격을 지키기 위해, 남들이 자신의 능력을 얕잡아 보도록 꾸미는 것이다.

이해 못 하는 바는 아니지만 단기적으로 보면 생글생글 웃으며 뭐든 넙죽넙죽 받아 XX 씨는 일을 잘하네, 하고 칭찬받는 것보다는 당연히 기분도 나쁘고 또 어려운 일이다. 바꿔 말하면, 일 잘한다고 자존심을 세워주는 말에는 반드시 대가가 따른다. 즉 쓰레기통에 쓰레기를 버리듯 툭 던지는 일을 받게 된다는 것이다. 나도 입사하고 처음 2년 동안은 그 덫에 빠져 있었다. 자꾸 이름을 불러주면 나는 믿음직하구나, 일을 잘하는구나, 하고 기뻐했다. 그 말도 사실일지 모르지만 그런 마음을 저 좋을 대로 이용하는 인간들은 당연히 존재한다. 일찌감치 그 점을 알아차린 다가미 씨는 작업 마감 시간을 실제보다 늦춰서 말하는 기술을 익힌 것이다.

다가미 씨는 전문대를 졸업한 뒤 바로 맞선을 봐서 결혼했고, 아이가 어린이집에 들어가자 음식점에서 시간제로 일하기 시작했지만 허리를 다치는 바람에 사무직으로 전환해 이 회사에 들어왔다고 한다. 올해로 5년차다. 살집이 좋아 제 나이보다 조금 더 들어 보인다. 동작도 말투도 느려서 누가 봐도 느긋해 보이는 타입이다. 실제로도 느긋한 사람이다. 밥을 먹으러 가도 늘 마지막으로 메뉴를 고르고, 점심 역시 누구보다 늦게 먹고, 나와 동시에 옷을 갈아입기 시작해도 탈의실에서는 나보다 늦게 나오고, 성능 나쁜 컴퓨터가 켜질 때까지 모니터 앞에서 얌전히 기다릴 수 있는 사람이다. 그녀를 굼뜨다고 욕하는 인정머리 없는 사람도 있을 것이다. 사실

중년 사원들이 다가미 씨를 그렇게 홍보하는 현장을 맞닥뜨린 적도 있다. 하지만 내가 볼 때는 다가미 씨가 일하는 모습을 본 적도 없느냐고 잔소리가 튀어나올 만큼 어리석은 생각이다. 아마 한 번도 못 봤겠지. 그런 확신이 들 정도로 다가미 씨는 언제나 묵묵히, 마치 그 자리에 없는 사람처럼 일하고 있다.

남자 사원들은 다들 다가미 씨에게 일을 넘길 단계가 되어서야 다가미 씨의 존재를 떠올린다. 큰소리를 내거나 불평을 표현하지 않는 다가미 씨가 상대이기 때문에 마치 문서세단기로 서류를 자를 때처럼 심드렁한 태도로 부탁할 때도 있다. 다가미 씨는 그런 상대에게 그건 어렵겠는데요, 하고 대항하고 자기가 정한 흐름대로 일을 처리한다. 조금 떨어진 곳에서 그 상황을 지켜보고 있노라면 조금만 더 예의를 지켜 부탁하면 다가미 씨도 스스로 정한 강철 같은 규칙을 완화해 줄 텐데, 하는 생각이 든다. 서류가 '완성된' 사실을 감추기 위해 전병이 들어 있던 커다란 검은색 상자에 서류를 담아둘 필요도 없을 테고. 나는 부하를 마구 부려먹는 상사에 대한 불만을 그저 부루퉁한 태도로 표현하지만, 다가미 씨는 업무 처리 시간으로 표현한다. 어느 쪽이 노련한지는 말할 것도 없다. 다가미 씨가 새 작업을 시작할 때 반드시 참고하는 공책. 아마도 거기에는 다가미 씨가 평가한 사원들의 인성 점수가 가감 없이 적혀 있을 것이다. 염마장*이라는 이름이 딱이다.

나는 인간 다가미 씨에게는 호감을 품고 있지만, 회사원 다가미 씨에게서는 이따금 악마 같은 면모를 느낀다. 다가미 씨는 한 손에 펜을 들고 조용히 책상에 앉아 일을 부탁하러 오는 가련한 사원들을 재판한다. 고함을 지르거나 끈질기게 빈정거리거나 말없이 혀를 차는 비열한 상대에게도 전혀 주눅 들지 않고, 서류를 검은 상자에 감추고 상대가 초조해할 시간, 위산이 분비되고 관자놀이가 바르르 떨리기 시작할 순간에 내선 전화를 걸어 서류를 가지러 오게 만든다. 화가 난 상대에게 말이나 표정, 하소연이 아니라 업무 그 자체로 일격을 가하면서 말이다.

보고 있으면 조마조마할 때도 있다. 몇 년 만에 들어온 신입사원 가와타니가 몹시 다급한 기색으로 악랄한 기한을 요구하며 다가미 씨 책상에 묵직한 서류를 내던지고 간 경우 같은. 나는 손가락질을 하며 말해주고 싶었다. 오늘 너는 끝장났어. 일단 서류가 마련된다 해도 거래처를 방문할 시간에 쫓길 테고, 늦을 것 같다고 포기하는 일도 용납되지 않을 거

---

* 염라대왕이 죽은 사람의 생전 행실을 적어둔다는 장부.

야. 결국 간당간당 아슬아슬한 시간에 회사를 출발해 초조한 나머지 심장에 부담을 느끼면서 헐떡거리며 지하철 계단을 올라가게 되겠지. 매너를 몰랐던 탓에 수명이 몇 시간은 단축되겠네.

간신히 맞출 수는 있을지 모르지만, 어렵겠는데요. 그렇게 말하는 다가미 씨의 목소리를 듣고 이거 화가 단단히 났구나 싶었다. 가와타니는 이미 약속을 해버렸어요, 하고 제 무덤을 팠다. 그렇게 자기 사정을 털어놓는다고 문제가 해결되리라 생각하면 오산이다. 만일 당신이 기획한 그림대로 일이 진행된다 해도 그것은 당신이 기획을 잘해서가 아니라 주위 사람들이 어쩔 수 없이 그 그림에 맞춰주었기 때문이다. 착각하면 안 된다. 제힘으로 처리하지 못하는 한 당신에게 기획 능력이란 건 없다.

가와타니가 떠난 뒤 다가미 씨는 공책을 바라보며 머그컵에 든 차를 마시고 작게 한숨을 한 번 내쉬더니 서류를 검은 상자에 처박아버렸다. 다가미 씨가 손도 대지 않고 서류를 넣어버리는 건 이례적인 일이다. 분노가 최고조에 달한 것이다. 다가미 씨의 표정 없는 얼굴을 보면 그 사실을 알 수 있다. 나는 이후로도 초조해할 가와타니의 모습을 떠올리고 가엾다고 생각하면서도 마음 한구석으로 쾌재를 불렀다. 그렇게 직장의 매너를 배워가는 법이다.

다가미 씨는 그 후 가와타니의 서류는 거들떠보지도 않고 다른 일을 시작했다. 아마 다가미 씨가 자체적으로 설정한 마감은 가와타니가 말한 기한의 1분 전일 테니까, 당분간은 손대지 않을 것이다. 자업자득이다.

그렇게 내가 비열한 기쁨에 젖어 있을 때, 평소와는 다른 순서가 끼어들었다. 가와타니가 돌아온 것이다. 다가미 씨는 고개도 들지 않고 묵묵히 다른 작업에 몰두하는 시늉을 했다. 회사에 오래 몸담고 있으면 발소리와 기척으로 누가 왔는지 알 수 있는 법이다. 다가미 씨도 분명 가와타니가 찾아온 줄 눈치챘을 것이다.

저, 하고 가와타니는 자기를 알아봐줄 기미가 전혀 없는 다가미 씨의 책상 옆으로 꾸물꾸물 다가갔다. 설마 빨리 내놓으라고 말하는 건 아니겠지? 나는 일손을 멈추고 가와타니의 움직임새를 살폈다. 실례합니다, 하고 가와타니는 고지식하게 다가미 씨의 반응을 기다렸다. 이 회사 여직원은 모두 귀가 먹었느냐고 투덜거리던 중년 사원이 생각났다. 그건 착각이다. '저기' 또는 '이 서류 말이야'라고 자신을 부르는 상대에게는 반응하지 않을 뿐이다. 목소리만 내면 상대가 돌아봐주리라 믿는 인간들에게는.

"다가미 씨, 기한을 촉박하게 말씀드려 죄송합니다. 아까는 조급하게 굴어서 실례했습니다. 저도 최대한 돕겠습니다. 제가 기입할 수 있는 부분은 직접 하겠습니다."

그 말에 얼이 빠진 건 다가미 씨가 아니라 그 상황을 관찰하던 나였다. 천천히 고개를 든 다가미 씨는 잠깐 기다리라고 하더니 머그컵에 든 차를 홀짝 마시고 느릿느릿 일어나 검은 상자를 열었다. 나는 마른침을 삼키고 다가미 씨의 행동을 지켜보았다.

"그럼 이 페이지 여기하고 여기, 아마 가와타니 씨도 쓸 수 있을 테니 부탁 좀 할게요. 모르는 부분이 있으면 물어보세요."

다가미 씨는 조용히 말하면서 가와타니에게 종이를 한 장 건넸다. 그리고 나머지 서류는 검은 상자에 도로 넣지 않고 자리로 가져가 빈칸을 채우기 시작했다. 가와타니는 최선을 다하겠습니다, 끝내면 바로 가져오겠습니다, 라고 말하고는 다가미 씨에게 돌려받은 서류를 손에 들고 총총히 엘리베이터로 사라졌다.

다가미 씨는 잠깐 손을 멈추고 뭐라 표현하기 힘든 서글픈 눈으로, 그렇지만 살짝 미소라도 짓듯 입가를 싱긋거리며 엘리베이터 문을 바라보다가 다시 업무로 돌아갔다. 나는 왠지 두 사람에게 버림받은 기분이었다. 지도를 보고 그 장소의 내력에 대한 설명을 쓰거나 다른 사람이 작성한 글을 교정하는 내 업무로 돌아왔지만 일이 손에 잡히지 않아 꽤 긴 시간을 허비했다.

결국 가와타니는 이른 시간에 회사를 나설 수 있었다. 덕분에 살았습니다, 고맙습니다, 하고 가와타니는 다가미 씨에게 고개를 숙이고 완성한 서류를 봉투에 넣은 다음 소중하게 품에 넣어 가지고 나갔다.

다가미 씨에게 악마 같은 면모가 있다는 평가를 정정하려니 괜히 거북했다. 하지만 가와타니의 반성은 빨랐고, 다가미 씨가 일을 늦출 이유는 그 시점에서 사라졌다. 양쪽 모두에게 심술궂은 역할을 기대하는 것은 내 이기심이다. 알면 알수록 하나같이 평범한 사람들이다. 다들 철저한 악인도 철저한 냉혈한도 되지 못한다. 재미는 없지만 나쁜 일이라고 할수는 없다.

그 후, 아무도 없는 사무실에서 다가미 씨 책상 위에 문제의 공책이 아무렇게나 놓여 있는 것을 발견하고 유혹을 이기지 못해 표지를 들춰본 적이 있다. 거기에는 기대했던 바와는 달리 다가미 씨가 스스로 정한 업무 지침이 사무용 펜으로 반듯하게 몇 항목에 걸쳐 적혀 있었다. 전부 기억나지는 않지만 가운데쯤 이런 항목이 있었다.

- 어떤 대우를 받아도 자존심은 잃지 말 것. 또한 자존심을 지키고 있다고 스스로 납득할 수 있도록 행동할 것.
- 불성실한 사람에게는 적당히 불성실하게 응대해도 되지만, 성실한 사람에게는 최선을 다할 것.

나는 고개를 틀어 처음 한 페이지만 들추어보고 그대로 공책을 덮었다.

무시가 상책

　조노우치 씨는 식사 자리에서 술이 잔뜩 들어가면 사원들의 험담을 제법 하지만, 기본적으로는 별로 투덜거리지 않는 상냥한 사람이다. 다른 사원들의 험담을 하지 않는 행동 규범은 딱히 상냥해서 그렇다기보다 번거로운 문제에 휘말리지 않으려는 계산속이라고 할 수도 있을 것이다. 그렇지만 조노우치 씨 밑에서 몇 년 일하면서 받은 인상으로 볼 때 그녀의 경우는 역시 상냥한 성격 때문이다. 조노우치 씨는 내게도 상냥하고 다른 사원에게도 상냥하다. 1층에서 누군가의 컴퓨터가 고장 나면 봐주러 가고, 2층에서 사물함에 악취가 배어 난처해하는 사람이 있으면 말린 커피 찌꺼기를 슬그머니 건네주고, 3층 바닥이 지저분하면 어느 틈에 닦아주고, 4층에서 서류 정리에 쫓기는 사람이 있으면 도와주러 간다. 그것도 보다시피 저는 일하는 중입니다, 하고 티를 내는 게 아니라 그냥 어쩌다보니 그렇게 된 것처럼 넌지시 거들어준다.

　매일 아침 직접 도시락을 싸고, 비즈 공예가 취미고, 해마다 원룸 맨션의 베란다에 여주를 키워 그린커튼*을 만드는 데 열을 올리고, 누군지도 모를 핀란드의 스키점프 선수를 응원하는 조노우치 씨는 요란한 생활은 별로 좋아하지 않는 서른 살의 독신 여성으로, 사실은 굉장히 좋은 집안의 따님이라고 한다. 흔한 이야기지만 조노우치 후미코(浄之内文子)라는 이름의 한자만 봐도 왠지 좋은 집안의 규수 같다는 느낌은 든다. 하지만 조노우치 씨가 먼저 자신의 이야기를 꺼내는 일은 거의 없다. 조노우치 씨가 양갓집 규수라는 건 내가 이 회사에 온 지 얼마 되지 않았을 때 말 많은 영업부장이 엘리베이터 안에서 실실 웃으며 알려준 정보였다. 그 인물, 기타와키 부장은 듣자하니 조노우치 씨와 고향이 가까운 듯, 그 시인지 동인지 읍인지 모를 곳에서 조노우치 씨의 본가가 얼마나 큰지, 또 권력과 토지를 얼마나 소유하고 있는지 묘하게 들뜬 목소리로 떠들어댔다. 기타와키 부장 본인도 교외의 유명한 고급 주택지에 사니 잘은 몰라도 명망 있는 집안

---

* 녹색 식물을 심어 건물 외벽이나 창문을 감싸는 것.

의 사람 같다. 그렇지만 나는 그런 유의 이야기는 질색이라 기타와키 부장이 자기 이야기를 덩달아 꺼내려 할 때마다 어머, 그런가요, 잘 모르겠는데요, 하고 들어도 그 가치를 이해하지 못하는 시늉을 하며 자리를 피했다. 본디 기타와키 부장은 그렇게 솔직한 사람도 아니거니와, 친해져도 자기가 하고 싶은 이야기만 할 성격인 게 눈에 보였기 때문이다.

'조노우치'라는 이름이 텔레비전이나 인터넷에서 자주 보이기 시작한 것은 지난 2년 동안의 일이다. 물론 내 선배 조노우치 씨가 아니라 시의회 의원인지 현의회 의원인 조노우치 시호코라는 인물의 이름이다. 지금도 무슨 의원인지는 모른다. 다른 지역 의원이 어느 의회에서 활약하는지 일일이 기억하지는 못하니까. 어쨌거나 그 조노우치 시호코가 조노우치 씨의 사촌 동생이었다. 내가 볼 때는 '어머나' 수준의 사건일 뿐이었고 회사 사람들도 별로 관심을 두지 않는 눈치였지만, 딱 한 사람은 반응을 보였다. 바로 기타와키 부장이다. 조노우치 시호코가 조노우치 씨의 사촌 동생이라는 정보를 내게 흘린 이도 기타와키 부장이었다. 누구한테 말하고 싶어 좀이 쑤시는 것이다. 집에서 와이프한테나 떠들면 될 텐데.

조노우치 시호코는 젊은 데다 외모도 수려하고 시의원인가 현의원인가였기 때문에 당연히 일부 계층에게 인기가 있었고, 그런 고정 팬들 덕분에 꾸준히 텔레비전이나 인터넷, 잡지에 등장했다. 부모도 시의원인가 현의원인가, 아무튼 집 안 배경도 든든했다. 기타와키 부장도 그녀를 좋아하는 '일부 계층'이었다. 조노우치 시호코는 기타와키 부장이 속한 선거구의 시의원인가 현의원인가 그랬는데, 그 점도 분명 몹시 기꺼웠을 것이다.

하지만 '우리 회사 자료 분석 담당 조노우치 후미코와 우리 선거구 의원이자 최근 화제의 인물인 조노우치 시호코 의원이 사촌 자매였다니!'라는, 기타와키 부장에게는 특종감인 사실에 회사 사람들은 아무도 반응하지 않았다.

기타와키 부장에게 그 이야기를 지겹도록 들은 듯한 입사 2년차 가와타니는 말했다. 아니, 조노우치 씨한테 그런 말을 해봤자 별 소용 없잖아요. 하다못해 아이돌이나 여배우라면 어렸을 때도 귀여웠느냐고 맞장구를 쳐줄 수 있지만 다른 지역 의원이잖아요, 누군지도 잘 모르고.

기타와키 부장이 정말 그런 주제로 말을 거는지 조노우치 씨에게 직접 물어볼 수는 없었다. 다만 부장이 가까이 다가오면 조노우치 씨의 분위기가 바뀐다는 느낌은 있었다. 같은 사무실에서 근무하는 또 다른 여직원이자 기타와키 부장과 직접 얽힌 업무를 하는 다가미 씨는 어쩌다 나와 잡담을 하다가 그런 이야기가 나오자 뭐, 모르겠네, 그럴지도 모르지, 하고 중얼거렸다. 딱히 까다롭지도 않고 나쁜 사람은 아니라는 점에서 나와 다가미 씨의 기타와키 부장에 대한 평가는 일치했다. 다만 부장은 이쪽 이야기는 일절 듣지 않으면서 뭔가 툭 던지듯이 오로지 자기만족을 위해 남에게 말을 거는 구석이 있고, 돈 자랑도 심했다. 일에 직접적으로 지장을 줄 만한 버릇이 있는 건 아니라서 아주 나쁜 이야기는 나오지 않았지만.

나와 조노우치 씨가 하는 자료 분석과 영업 일은 부장과 직접 얽힐 일은 없기에, 부장과 조노우치 씨가 이야기를 나누는 모습은 1년에 한 번 볼까 말까 하는 정도였다. 그런데도 조노우치 씨는 기타와키 부장이 우리 부서 쪽으로 다가올 때마다 딱딱하게 몸을 긴장시킨 채 턱에 힘을 주고 경계하기 시작했다. 또한 부장이 같은 사무실에 있을 때는 우울한 표정을 짓는 일이 늘었다. 사촌 동생에 대해 기타와키 부장이 뭐라 입방아를 찧는 것은 확실해 보였다. 아마도 엘리베이터 안에서. 일방적으로. 조노우치 씨가 자신을 보호하기 위한 반격조차 할 수 없을 정도로 짧은 시간, 기타와키 부장은 유명한 미인 의원의 사촌 언니와 대화한다는 기쁨을 마음껏 누리는 것이다. 내 선배 조노우치 씨와 조노우치 시호코는 다른 사람인데도.

　그래서 그날 통근길에 내가 지하철에서 본 광고에 대해서는 절대 말하지 않기로 했다. 나는 건망증이 심한 편이지만, 그래도 주간지 표지에 실린 얼굴이라면 하루 정도는 머릿속에 남는다. 선정적인 특종 기사를 주로 싣는 매체가 아니라 소위 보도 전문 주간지의 표지였다. 조노우치 시호코의 상반신 사진이 A4 크기의 표지 전체를 차지하고 있었다. 조노우치 씨가 봤다면 무슨 생각을 할까?

　회사에 도착해도 그 생각이 머릿속에서 떠나지 않아, 나는 조노우치 씨의 마음을 다른 쪽으로 돌리려고 애썼다. 빈 시간을 이용해 구글이나 빙, 게티이미지 사이트를 뒤져, 하포넨* 선수의 이 사진도 보셨어요? 표정이 웃기죠, 하고 틈만 나면 조노우치 씨가 좋아하는 화제를 제공하며 은근히 긴장되는 시간을 버텼다.

　조노우치 씨는 평소와 다름없어 보였다. 물론 언론을 탔다고 일일이 신경 쓰다가는 버틸 수 없을 정도로 최근 조노우치 시호코는 여기저기에 등장하고 있었다.

　단편적인 이야깃거리에 지나지 않았지만 예전에 조노우치

---

* 핀란드의 스키점프 선수.

씨가 술에 취해 한 말에 따르면 그녀는 가족이라고 할까, 가문이라는 것에 위화감을 느껴 비교적 일찌감치 독립했다고 한다. 싫어했던 건 아니지만 뭔가 성격에 맞지 않는다고 했다. 거기에 조노우치 시호코가 포함되는지는 잘 모르겠지만, 사촌 동생을 자랑하지도 않았으므로 일단 언급하지 않는 게 나을 듯했다.

다만 그런 생각을 하는 것은 아마도 내가 조노우치 씨의 후배이기 때문이리라. 기본적으로 조노우치 씨를 존중해야 하는 입장이니 말이다. 기타와키 부장은 다른 것 같았다.

점심시간에도 나는 새로 나온 과자를 사 오거나 검색한 이미지를 보여주며 조노우치 씨의 관심을 계속 다른 방향으로 유도했다. 하지만 역시 기타와키 부장이 그 노력을 박살냈다.

기타와키 부장이 사무실에 나타났을 때, 분명 조노우치 시호코 이야기를 꺼낼 줄은 알았다. 하지만 설마 사람이 그렇게 단순할까 싶어 일단 가벼운 눈총으로 위협했다. 그러나 나의 견제는 효과가 없었다. 부장은 다가미 씨에게 뭐라 두어 마디 지시를 내린 뒤에 경쾌한 발걸음으로 조노우치 씨 자리로 다가왔다.

"표지에 실렸던데. 자네가 싫어하는 사촌 동생 시호코 씨."

시비라도 걸 기세다. 조노우치 씨에게 조노우치 시호코 이야기를 해도 그가 원하는 요란한 반응은 얻을 수 없다는 이유 하나만으로.

"싫어하지 않아요. 몇 년째 못 만나서 잘 모르는 것뿐이죠."

"어제도 텔레비전에 나오던데. 뭐더라, 여섯시부터 하는 그 방송."

상대방의 말을 듣지 않는다. 사실 우리는 기타와키 부장의 시시한 잡담보다 그 사실에 화가 났는지도 모른다.

"부장님은 시호코를 좋아하시는 건가요? 사인이라도 받아 올까요?"

"지난주에도 인터넷에서 인터뷰를 봤어."

절망적으로 어긋나고 있다. 다가미 씨가 기타와키 부장님, 이 서류 이 부분 말인데요, 하고 제법 큰 소리로 불렀다. 부장은 무시하고 거듭 말을 이으려 했지만 조노우치 씨가 저기서 부르는데요, 하고 손가락으로 가리키자 아쉬운 기색으로 자리를 떠났다.

저런 소리를 계속 들으면 피하는 게 정상이다. 잘 알지도 못하는 사람을 봤다는 말을 그저 늘어놓는데 어떻게 긍정적인 반응을 보이란 말인가? 사인을 받아달라는 부탁이 차라리 낫다. 기타와키 부장은 저래놓고 속마음은 들키지 않았다고 생각하겠지만, 자기가 조노우치 시호코를 어떻게 생각하는

지는 한마디도 하지 않고 조노우치 씨가 그녀를 싫어한다고 단정한 것만으로도 충분히 속이 시커멓다.

이건 무슨 희롱에 해당할까? 가문, 혈통······ 리니지 희롱? 멍하니 그런 생각을 하다가 기타와키 부장이 조노우치 시호코 이야기를 핑계로 사실은 조노우치 씨와 말을 하고 싶었던 건 아닐까 하는 의심이 번뜩 들었다. 조심스럽게 조노우치 씨 쪽을 보니 어깨를 축 늘어뜨리고 한숨을 쉬고 있었다. 손의 움직임도 느리다. 지도를 보고는 있지만 아마 눈에는 아무것도 들어오지 않을 것이다.

역효과다. 나는 엘리베이터를 타고 사라져가는 기타와키 부장을 지켜보았다. 타인의 고독을 알아줘야 할 의무는 없다. 아무리 상사와 부하라 해도 마찬가지다. 내가 조노우치 씨를 염려하는 건 조노우치 씨가 나를 잘 돌봐주었기 때문이다.

사무실에는 다가미 씨 말고도 다른 사원이 몇 명 있었기 때문에, 나는 조노우치 씨에게 말을 걸지 못하고 오로지 일에 몰두하는 시늉을 하는 수밖에 없었다.

그 후로 조노우치 씨는 전보다 더 기타와키 부장을 피하게 되었다. 기타와키 부장이 사무실에 오면 자리를 뜨는 게 당연해졌고, 한 엘리베이터를 타게 될 것 같으면 반드시 어깨를 으쓱하며 되돌아왔다. 아침 조회 때 나란히 서게 되면 등을 꼿꼿이 펴고 다른 곳으로 가버렸다. 선의로 기타와키 부장이 있는 사무실 바닥을 청소하는 일은 있어도, 부장의 주변은 절대 막대걸레로 닦지 않았다. 기타와키 부장의 컴퓨터가 조노우치 씨도 고칠 수 있는 범위에서 문제를 일으켜도 잘 모르니까 다른 사람을 찾아보라고 말했다. 기타와키 부장은 조노우치 씨 대신 나나 다가미 씨를 붙잡고 잡일을 부탁하려 들거나 말상대로 삼으려 했지만, 우리 역시 필요한 경우가 아니면 가급적 기타와키 부장을 상대하지 않았다.

그렇게 4년이 흘렀다.

기타와키 부장의 자리는 어느새 바닥에 먼지가 앉았고, 책상 위에는 필요한지 불필요한지 모를 서류가 산더미처럼 쌓였다. 컴퓨터는 느려졌고, 자동 갱신 프로그램도 잔뜩 쌓였다. docx 확장자 파일은 지금도 어떻게 여는지 모른다고 했다. 여직원인 우리를 마음대로 부리지 못하는 것뿐이니 업무를 계속하는 데 지장은 없다. 다만 자존심이 센 사람이라 다른 남자 사원에게 좀처럼 의논을 하지 않아 일을 깔끔하게 처리하지 못하는 듯했다.

어느 날, 텔레비전을 켜놓고 식당에서 점심을 먹는데 늘 보는 낮 방송에 조노우치 시호코가 나왔다. 시의원인지 현의원인지 모르겠지만 재선에 성공했다는 소식이었다. 그때 외근에서 돌아온 기타와키 부장이 식당에 들어왔다. 부장은 눈을 번득이며 조노우치 씨에게 다가와 텔레비전을 가리켰다. 조노우치 씨는 기타와키 부장 쪽은 쳐다보지도 않고 리모컨을 들어 부장이 입을 여는 순간 텔레비전을 껐다.

"이 사람을 찍었어!"

기타와키 부장의 목소리가 식당 안에 쩌렁쩌렁 울려 퍼졌다. 다만 허무하게 메아리치는 그 목소리에 대답하는 이는 아무도 없었다. 멀리서 인스턴트 된장국을 홀짝이던 가와타니가 어깨 너머로 흘깃 돌아보더니 무슨 소린지 모르겠다는 듯 고개를 저을 따름이었다.

블랙홀

　그럼 도리카이 씨한테는 명란칩 같은 걸 사다줄게, 라고 말한 마미야 씨는 오후 일찍 의기양양하게 규슈로 출장을 떠났다. 출장 가는데 뭐라도 사다줄까? 하고 묻기에 "명란칩 같은 거요"라고 대답했더니 그 말을 그대로 받아 대답한 것이다. 마미야 씨는 조노우치 씨와 다가미 씨에게도 원하는 게 있는지 물었다. 그러자 조노우치 씨는 "먹을 수 있는 걸로"라고 막연하게 대답했고 다가미 씨는 "그럼 15센티미터쯤 되는 자를"이라고 했다.

　정년을 몇 년 앞둔 마미야 씨는 넉넉하고 태평한 성격의 좋은 사람이다. 내게는 분명 회사에 출장 기념 선물을 가져온다는 명목으로 명란칩을 사다줄 테고, 명란칩은 실제로 '먹을 수 있는 것'에 해당하니 조노우치 씨의 요청에도 부응

하는 셈이며, 다가미 씨에게는 고속열차 역에서 캐릭터 문구라도 사다줄 것이다. 다가미 씨가 자를 원한 이유는 마미야 씨가 다가미 씨의 자를 집어 가서 그대로 어딘가에 처박아버렸기 때문이다.

사실 나는 펠리카노 주니어를 사달라고 말하고 싶었다. 하지만 그것은 마미야 씨가 볼 때는 엉뚱한 요구이리라. 나 역시 한없이 유죄에 가까운 의혹만 품고 있을 뿐이지, 다가미 씨처럼 마미야 씨가 빼도 박도 못하게 펠리카노 주니어를 가져가는 현장을 목격한 건 아니었다. 다가미 씨는 마미야 씨가 자기 자리에서 집어 간 자를 사용하는 현장을 몇 번이나 목격했고, 그거 돌려주세요, 하고 주의까지 주었으나 결국 마미야 씨는 회사 밖으로 자를 가져갔다가 잃어버리고 말았다. 그러니 다가미 씨는 자를 사달라고 말할 권리가 있다. '작년인가 재작년에 마미야 씨가 내 펠리카노 주니어로 메모를 하는 모습을 딱 한 번 본 듯한 기분이 든다'라는 나의 근거는 너무나 설득력이 약하다.

펠리카노 주니어는 독일 펠리컨 사가 제조하는 아동용 만년필의 이름이다. 만년필이라고 하면 비싼 이미지가 있지만 크레용처럼 몸통이 굵은 플라스틱제 펠리카노 주니어는 세금까지 합해도 1575엔이면 살 수 있다. 나는 문구점 리뉴얼

세일 때 이 회사에서 받은 첫 월급으로 파란색 펠리카노 주니어를 샀다. 1260엔이었다. 이전 회사를 그만두고 이곳에 들어올 때까지 8개월이라는 공백을 실업 급여로 버텼기에 정말 돈이 없었지만, 그래도 스스로를 격려하는 의미로 구입했다. 같이 들어 있던 스티커에 도리카이 사치코라고 이름을 써서 카트리지 투입구에 붙이고, 메모는 전부 펠리카노 주니어로 하는 등 회사에서 글씨를 써야 할 때는 언제나 그것만 썼다. 펠리카노 주니어의 파란 몸통을 쥘 때마다 고되었던 전 직장을 떠올렸고, 어떻게든 지금 회사에서 살아남겠다는 의욕을 불태웠다. 입사 1년차인 내게 펠리카노 주니어는 이른바 동지 같은 존재였다.

그랬는데 사용한 지 2년째 되던 해, 펠리카노 주니어가 갑자기 사라지고 말았다. 손에도 완전히 익어, 로열블루 잉크 카트리지를 세 번째로 추가 구입하려던 참에 일어난 일이었다. 나는 당혹스러웠고, 슬펐다. 새걸 사면 그만이지만 그보다는 펜을 잃어버렸다는 사실을 인정할 수 없었다. 매일 반드시, 하루가 끝날 때 책상 구석에 있는 펜꽂이에 펠리카노 주니어가 꽂혀 있는지 확인한 다음에야 퇴근했는데, 홀연히 사라져버렸으니까.

펜꽂이, 서랍, 가방을 전부 뒤엎고 선배인 조노우치 씨의 도움까지 받아가며 펠리카노 주니어를 찾았지만 도저히 찾을 수 없었다. 나는 의욕을 잃고 자기혐오에 빠졌다. 정리 정돈이 서툰 탓에 소중한 동지가 행방불명되다니 이 무슨 꼴인가. 아무에게도 말하지 않았지만 나는 몹시 낙담했고, 자신감을 잃고 말았다.

그러던 중에 뒷자리의 마미야 씨가 눈에 익은 굵은 파란색 펜을 쥐고 있는 모습을 보았던 것이다. 마미야 씨는 수화기를 든 채 파란 펜으로 메모를 하고 있었다. 글자 색도 파래서 아무리 봐도 일반 볼펜으로 메모를 하는 것 같지는 않았다.

나는 마른침을 삼키고 마미야 씨의 손을 지켜보았다. 꽤 다급한 용건인 듯했다. 단골 거래처인 상대방이 한 시간 뒤 회의에서 사용할 자료가 부족하니 당장 가져와달라고 재촉하는 내용이었는데, 평소 같으면 회사에서 나가며 내게 농담을 건네는 마미야 씨가 그때만큼은 허둥지둥 회사를 뒤로했다. 그래서 나는 마미야 씨에게 그 파란 펜은 대체 무엇인지 제때 물어볼 기회를 놓치고 말았다.

그 자리에서 말하면 바로 돌려줘. 마미야 씨 책상에 굴러다니고 있다면 그냥 집어 오면 될 일이고. 기회를 기다리면 되지 않을까? 조노우치 씨는 낙천적으로 말했다. 다가미 씨의 자는 결국 밖에서 잃어버린 이례적인 경우지만 새 자를 사줄 모양이다. 하지만 실물이 마미야 씨 책상 위에 없고, 단순히 의심스러울 뿐인 경우라면 어렵다. 마미야 씨가 가져간 물건 이름을 잊어버린 것뿐이면 다행인데, 가져갔다는 인식조차 없으니 이러저러한 물건을 가져가셨죠, 돌려주세요, 라고 말하기가 힘들다. 게다가 모든 물건을 책상 위에 방치하는 것도 아니다. 외출할 때 가지고 나가는 경우도 있고, 집에 들고 가는 경우도 있는 듯하고, 자리를 대충 정리하면서 눈에 들어오는 물건을 모조리 쓸어 제일 큰 서랍에 처박아두는 경우도 있다. 일단 그 서랍에 들어갔다면 살짝 엿보는 정도로 목표물을 찾아내기란 불가능에 가깝다.

그런 마미야 씨가 미움을 별로 사지 않는 데는 이 회사 사람들이 사무용품에 그다지 관심이 없는 탓도 있지만, 마미야 씨 본인의 관대한 성격도 크게 작용한다. 마미야 씨는 남의 사무용품을 멋대로 가져가는 대신 다른 사람들이 자기 사무용품을 마음대로 가져가도 신경 쓰지 않는다. 그래서 모두들 필요한 경우에는 마미야 씨 책상 위에 있는 펜을 마구 집어 간다. 그렇게 순환한 물건이 대개는 돌고 돌아 주인 곁으로 돌아가므로, 마미야 씨를 크게 탓하는 사람이 없는 것이다. 펠리카노 주니어를 제외한 내 사무용품 몇 가지(포스트 잇, 제도용 로트링 펜, 삼각자 등)도 그렇게 돌아왔다. 하지만 펠리카노 주니어만은 아무래도 돌아오지 않았다.

마미야 씨와 생글생글 잡담을 나누면서도 한편으로 나는 펠리카노 주니어를 생각했다. 사라진 애견을 어딘가에 내다 버리고 왔을 것만 같은 의심스러운 이웃과 떠드는 기분이 이럴까? 이따금 그런 생각을 하지만, 그건 좀 다른가.

마미야 씨가 출장을 떠난 뒤 선배 조노우치 씨도 새 지도를 사러 가니 그사이에 정보 요청 주문이 들어오면 좀 부탁한다, 네시 전에 돌아오겠다는 말을 남기고 외출하고, 다른 남자 사원들도 다 외근을 나가 사무실에는 나와 다가미 씨만 남게 되었다. 사람들이 가져온 서류를 처리하느라 바쁜 다가미 씨가 엄숙한 손놀림으로 사무용 펜의 카트리지를 교환하는 모습을 보니, 아무래도 오늘은 아무도 없어서 운이 좋다고 할 만한 분위기가 아니었다. 마미야 씨가 나갈 때는 딱히 할 일이 없었던 나도 조노우치 씨가 외출한 직후에 전화를 네 통쯤 받았다. 그중 두 통은 지리 정보를 보내달라는 용건이었다. 한쪽은 되도록 상세히 내일 중으로, 나머지 한쪽은 간단한 토지 내력이면 되니 세시까지 긴급히 보내달라는 주문이었다. 나는 주택 지도를 연도별로 꺼내 일단 나중에 들어온 '긴급한' 요청을 처리했다. 의뢰한 곳은 최근 이전했다는 소식지를 돌린 개인 사무소였다. 오카시타 건축사무소라고 했다. 소식지를 받은 건 아마 2주 전 같다. 어제 퇴근 시간 직전에도 조노우치 씨가 팩스로 자료를 보냈는데, 그때도 '긴급히' 해달라는 요청이었다. 우리는 이렇게 퇴근 시간 코앞에 뭘 긴급히 해달라는 거냐고 투덜거렸다.

그렇지만 오후 세시 전의 여유로운 시간대라면 식은 죽 먹기다. 특별히 쉬운 일은 아니지만 다섯 해나 해온 작업이라 눈 감고도 할 수 있다. 그래서 '긴급히' 해달라는 말을 들으면 오히려 이 정도도 못 할 줄 알고, 라는 기분이 든다. 일처리가 빠르네요, 라는 말이라도 들으면 빈말인 줄 알아도 기분이 좋다. 게임에서 승리한 기분이다.

지도를 모아 의뢰받은 지점을 찍고, 이곳은 1965년부터 줄곧 개인 소유지로 마작 가게, 카페, 빨래방으로 바뀌어왔습니다, 주변에는 초등학교와 주차장이 있어 특별한 문제점은 없습니다, 라고 토지 내력에 대한 해석을 간단히 정리해 보내려던 차에 문득 수신처를 모른다는 사실을 깨달았다. 오카시타 사무소에 다시 전화를 걸어 직접 팩스 번호를 물어보려 했지만 두 줄짜리 작은 번호창이 달린 눈앞의 전화기로 과연 착신 이력을 확인할 수 있을지 불확실했다. 의뢰인과는 기본적으로 전화와 팩스로만 연락하기 때문에 이메일 주소도 알 수 없었다.

소식지를 복사해두었던가, 하고 서랍을 열어보았지만 그 비슷한 서류는 없었다. 조노우치 씨의 송신 기록 파일을 펼쳐 송장을 참고하려 했지만 보낸 서류 자체가 없었다. 그러고 보니 오전에 오카시타 사무소를 담당하는 직원이 가져간 것 같다.

조노우치 씨가 있다면 직접 물어보면 되지만 공교롭게도 외출 중이다. 전화를 했지만 지하철을 타고 있는지 받지 않았다. 다가미 씨는 업무가 아예 달라서 사무소 이전 소식지도 받지 않으니 아마 알 방도가 없을 것이다.

식은땀을 흘리며 서랍 속의 물건을 모조리 책상에 꺼내놓고 소식지 사본을 찾았다. 역시 없다. 어째서? 보통은 복사를 하잖아, 도리카이. 아니, 항상 복사한다. 어째서 없는 거야? 조노우치 씨의 책상 서랍을 열어보고 싶어 손이 근질거렸지만 그건 인륜에 어긋나는 행위이므로 참았다.

나는 굴속에서 고개를 내밀고 주위를 경계하는 프레리도 그처럼 엉거주춤 의자에서 일어나 사방을 두리번거렸다. 어딘가에 주소나 전화번호 정보가 붙어 있지는 않을까? 하지만 허무한 노력이었다.

"왜 그래?"

나 외에 유일하게 사무실에 남아 일하고 있던 다가미 씨가 한마디 걸어주었다. 완전히 다른 업무를 하기 때문에 서로 도울 수 있는 일은 거의 없지만, 난처한 기색을 보이면 다가미 씨는 대개 신경을 써준다.

"아, 아니에요. 팩스 번호를 좀 찾느라."

"그래?"

"예, 괜찮아요. 아마도."

내선 번호표를 노려보면서 오카시타 건축사무소와 일을 하는 사람을 찾아내 모조리 전화를 걸어보았지만 모두 외출하고 없었다. 고작 오카시타 사무소 팩스 번호를 알려달라는 이유로 휴대전화를 통해 연락하기는 부담스러웠다. 애초에 통화가 된다는 보장도 없다.

그러고 보니 마미야 씨가 상황판에 오카시타 사무소에 간다고 쓰는 모습을 몇 번 본 적이 있다. 어쩌면, 마미야 씨라면 새 사무소의 팩스 번호를 알지도 모른다.

물론 지금쯤 고속열차를 타고 있을 마미야 씨에게 전화를 걸 수는 없다. 책상을 살펴봐야겠다. 괜찮다, 잠깐 보는 것뿐이다.

나는 다가미 씨에게 의심을 사지 않도록 최대한 당당하게, 업무 관계로 팩스 번호를 알아야 할 때는 이렇게 하는 게 정답이라는 듯이 마미야 씨 책상 위 서류함에 꽂혀 있는 서류를 오른쪽부터 차례로 뒤졌다. 내가 찾는 서류는 없었다. 진행 중인 업무 자료가 대부분이었고, 나머지는 한 달에 한 번 오는 건강보험조합의 월간지와 업계 정보지 스크랩파일이었다.

마미야 씨의 책상 위는 비교적 깔끔했다. 데스크매트 밑에는 내선 번호표와 전철 노선도, 열차 시각표가 깔려 있었다. 어째서 이럴 때만 일목요연하게 정리되어 있는 걸까? 엉뚱한 데 화를 내면서 나는 마미야 씨 책상 서랍을 위쪽부터 차례로 열었다. 조노우치 씨 책상 서랍을 여는 일은 거북해하면서 마미야 씨 책상 서랍 여는 건 괜찮다고 생각하는 이유는 그가 남의 책상 서랍을 아무렇지도 않게 여는 타입이기 때문이리라.

서랍 안에는 명함첩이니 계산기니 측량도구니 하는 변변치 못한 물건들뿐이었다. 문득 명함첩을 뒤지면 오카시타 사무소의 새 팩스 번호가 나올지도 모른다는 생각이 들었다. 그렇지만 명함첩 표지에 유성 매직으로 적어놓은 날짜는 작년 10월부터 지지난달까지라 2주 전에 사무소를 옮긴 오카시타 건축사무소의 새 명함이 들어 있을 가능성은 한없이 낮아 보였다.

나는 결심을 굳히고 마미야 씨 책상 맨 아래쪽 서랍을 열었다. 가장 깊고, 가장 무거운, 마미야 씨가 뭐든 처박아두는 서랍이다.

무게에 비해 비교적 부드럽게 열린 서랍은 언뜻 보아도 골치가 아파올 지경이었다. 엉망진창으로 뒤섞여 있는 건 아니었다. 하지만 차라리 그쪽이 나을 듯했다. 서랍 안에는 종이밖에 없었다. 서류철에 정리하지도 않아 낱장인 문서들이 그대로 처박혀 있었다.

나는 바닥에 웅크리고 앉아 낑낑대며 서랍 속 서류를 한 움큼 쥐어 일단 마미야 씨 의자 위에 올려놓았다. 아래쪽부터 살펴보니 지난 5년 동안 처리한 업무의 잡다한 기록이었다. 꼭 정리해야 할 서류는 아니고 현장의 지도나 관측 결과를 임시로 메모한 것들이었다. 두께가 4센티미터는 되는 서류 뭉치를 작게 나눠 왼쪽 엄지손가락으로 넘겨가며 한 장 한 장 살펴보았지만 오카시타 사무소의 새 팩스 번호가 적힌 종이는 없었다.

고개를 흔들며 다시 서랍을 들여다보는데 역에서 공짜로 나눠주는, 지하철 교통카드 캐릭터가 인쇄된 클리어파일이 있어 잠시 마음을 빼앗겼다. 거북이 캐릭터다. 공사 현장용 노란 헬멧을 쓰고 웃는 얼굴로 붉은 경광봉을 흔들고 있다. 이거 혹시 3탄으로 나온 기념품인가? 나는 유심히 들여다보며 내 컬렉션을 떠올렸다. 이건 없어, 이건. 어쩌지. 펠리카노 대신 이걸 달라고 할까?

아니, 아니다. 오카시타 사무소가 먼저다, 오카시타 사무소. 나는 한숨을 쉬고 클리어파일을 과거의 서류 위에 내려놓았다. 클리어파일 아래쪽은 다소 뒤죽박죽이었다. 온갖 크기의 취급설명서가 들어 있었는데, 음성녹음기나 옛날 컴퓨터의 설명서도 있었다. 이 기계가 고장 난 게 언젠데, 하고 짜증을 내다가 한참 동안 찾았던 라벨기의 설명서를 발견하고 소리를 지를 뻔했다. 뭐야 이거, 이런 곳에 있었어? 왜 이 아저씨가 갖고 있는 거지?

분노가 뭉게뭉게 솟아올라 라벨기 설명서를 힘껏 잡아 빼서 내 책상 위에 던져버렸다. 다가미 씨가 조금 놀란 기색으로 고개를 들었다. 설명서 뭉치 밑에는 또 서류가 있었는데, 종이가 조금 누랬다. 폐업한 거래처 자료가 대부분이라 나는 분노에서 일변해 서글픈 심정으로 종이를 한 장 한 장 넘겼다.

그 밑에는 조금 낡은 우리 회사 봉투가 있었다. 흔들어보니 카드 같은 게 잔뜩 들어 있는 듯해 마미야 씨의 깔끔한 책상 위에 쏟아보았다. 진찰권이었다. 순환기과, 치과, 내과, 정형외과, 이비인후과에다 종합병원 진찰권이 석 장, 도합 여덟장이나 된다. 폐업한 회사의 자료를 발견했을 때부터 그랬지만 한층 더 울적해진 나는 마미야 씨를 위로해줘야겠다는 생각이 들었다. 그 사람도 이제 나이가 있으니 남의 펜을 집어 갔다고 좀스럽게 굴지 말고 너그럽게 봐줘야겠다.

하지만 진찰권 봉투 밑에서 역시나 한참 동안 찾았던 펜치형 일공 펀치가 나오자 이 아저씨가 정말, 하고 화가 났다. 그것도 역시 내 책상 위로 던져놓았다.

슬슬 서랍 속 내용물도 2할 정도 남았을 무렵, 이번에는 커피 쿠폰 뭉치를 발견했다. 오오, 오오! 나는 마음을 가다듬고 눈길을 사로잡는 라테 아트가 인쇄된 쿠폰 다섯 장을 뒤집었다. 기한은 6년 전이었다. 바닥을 뚫을 기세로 어깨를 늘어뜨리고 낙담했다.

서랍 맨 밑에는 낡은 공책이 여러 권 있었다. 세워서 세어보니 일곱 권이었다. 전부 80매짜리 괘선 노트로, 표지에는 '일보(日報)'라는 커다란 글자와 기록의 처음과 끝 날짜가 적혀 있었다. 나는 제일 낡은 노트를 들고 별생각 없이 펼쳐보았다. 그런 짓을 하고 있을 때가 아니었지만 이미 될 대로 되라는 심정이었다. 현실 도피를 하고 싶었는지도 모른다.

일보는 사무용품에 집착하지 않는 마미야 씨답게 볼펜으로 썼다가 연필, 때로는 사인펜으로 적혀 있을 때도 있었다.

글자 색마저 제멋대로였다. 기록은 평범한 업무 메모였는데, 12년 전 노트의 마지막 페이지에 '회장이 지난달 태어난 기예르미나를 딸로 인정'이라고 쓴 글이 시선을 끌었다. 어떻게 된 일이야, 회장 양반, 기예르미나라니 누구야. 딸로 인정했다니 어이, 애인이야? 그것도 외국인? 어느 나라 사람이야. 설마 아니타 알바라도* 같은 그런 건가? 이렇게 작은 회사의 회장도 그런 짓을 하는 건가?

조금 켕겼지만 도저히 잠자코 있을 수 없어 저기요, 다가미 씨, 다가미 씨, 하고 이름을 부르며 노트 묶음을 들고 일어서는데 두꺼운 노트 사이에서 파란 물체가 데구르르 굴러나와 바닥에 떨어졌다.

"아, 뭐 떨어졌는데." 종이 한 장을 손에 들고 이쪽으로 다가오던 다가미 씨는 내가 떨어진 물건을 먼저 주울지 마미야 씨의 노트를 먼저 보여줄지 우왕좌왕하는 동안 그 파란 물체를 주워 들었다. "펜이네."

기예르미나라는 아이는 지금쯤 초등학교 6학년은 되었을

---

* 칠레 산티아고 출신 여성으로, 일본에 건너와 술집에서 일할 때 만난 아오모리 주택공사 직원과 결혼했다. 남편이 2001년 회사 자금 14억 엔을 횡령해 체포되었을 때, 아니타의 이름으로 칠레에 수영장과 호텔을 소유한 것이 밝혀져 논란이 되었다.

까, 하는 생각을 하면서 나는 다가미 씨가 내민 굵은 파란 펜을 받았다.

그것은 내가 잃어버렸던 펜과 똑같은 색의 펠리카노 주니어였다. 노트를 마미야 씨 책상 위에 내려놓고 허겁지겁 몸통을 열어 카트리지 투입구를 응시했다. 그러고는 숨을 삼켰다. 도리카이 사치코, 내 이름이 적힌 스티커가 둥근 투입구를 따라 붙어 있었다. 조금 노랗게 변한 것 같았다.

"저기, 팩스 번호 말인데 이거라도 도움이 될까?"

다가미 씨는 하고 싶은 말이 있는 건지 펜에 관심이 있는 건지 모를 어중간한 내 태도에 약간 당황해하면서 가져온 종이를 보여주었다. 지난 24시간 동안 사용한 복사, 팩스 복합기 발신 이력이었다. 어제 오후 여섯시 정각에 찍힌, 오카시타 사무소의 팩스 번호로 보이는 번호도 있었다. 나는 으아아 하고 괴성을 질러 다가미 씨를 기겁하게 만들었다.

벽시계를 보니 오후 두시 오십육분이었다. 나는 펠리카노 주니어 이야기를 해야 할지, 기예르미나 이야기를 해야 할지, 그도 아니면 일을 해야 할지 판단을 내리려 머리를 싸맸다.

소규모 팬데믹*

월요일, 몸이 나른하고 콧물이 멈추지 않아 회사를 쉬고 약을 타러 병원에 갔다. 대합실 장의자에 앉아 아침 와이드쇼를 보면서 다른 환자(주로 노인)가 진찰실로 사라지기를 조용히 기다렸다. 처방 받은 약을 먹으니 콧물은 조금 잦아들었지만 그날 밤 고열에 설사 증세까지 겹쳐 이튿날도 역시 회사를 쉬고 병원에 갔고, 결국 독감이라는 진단을 받았다. 추측건대 전날 병원에 갔을 때 대합실에서 한 시간 가까이 있었기 때문이었다. 함께 기다리던 사람들 중에 독감 환자가 있어 내 부근에도 바이러스가 퍼졌던 것이리라.

그래서 화요일부터 금요일까지 또 쉬게 되었다. 유급휴가

---

* 세계적으로 전염병이 대유행하는 상태.

47

를 써야 할까봐 걱정했는데 선배인 조노우치 씨가 사규를 살펴보니 중한 감염증에 걸려 쉬는 경우 애초에 회사에 나오면 안 되기 때문에 유급휴가를 쓰지 않아도 될 듯하다고 말해주었다. 나는 안심하고 집에서 지냈다. 대부분 잠에 빠져 있었고, 깨어 있을 때는 화장실과 침대를 왕복하는 일 외에는 텔레비전만 보며 지냈다. 세상은 역시 독감 소식에 촉각이 곤두서 있는지 아픈 아이를 데리고 병원에 몰려드는 사람들의 모습이 연일 방송에 나왔다. 나는 방송을 보면서 명한 머리로 회사 직원 중에도 아이가 있는 사람이 많으니 나 말고도 감염된 사람이 더 있지 않을까 생각했다.

다 나아서 회사에 갔을 때 몇 명은 쉴지도 모른다는 예상을 깨고 모두 출근해 있어서 조금 놀랐다. 그야 다양한 사람들이 있으니 모두가 팔팔해 보이는 건 아니었다. 다들 출근해서 놀랐다고 점심시간에 말하자 다가미 씨가 작게 신음하며 어른들은 겉모습만으로는 아픈지 아닌지 판단하기가 좀처럼 어려우니까, 하고 난처한 얼굴로 천장을 올려다보았다. 초등학생 딸이 있는 다가미 씨는 일단 개인 소지품이나 일상적으로 만지는 자리를 알코올로 닦는 노력을 하고 있었지만, 다른 사원들은 그런 번거로운 짓을 하는 기색이 없었다. 내가 텔레비전에서 본 어느 회사는 소독용 알코올을 비치하기도 하고 모두 건강한 경우와 가족이 감염된 경우, 본인이 감염된 경우로 나누어 색이 다른 마스크를 쓰기도 하는 등 여러모로 노력하던데요, 하고 말하자 텔레비전에 나올 만한 대기업은 그렇겠지, 하고 다가미 씨와 조노우치 씨가 얼굴을 마주 보며 말했다.

뭐, 그렇겠지요, 여기는 안 그렇죠, 하고 나는 식당을 둘러보았다. 아니, 규모의 문제가 아닐지도 모른다. 점심 도시락을 사러 바깥 편의점에 나갔다가 돌아와서 손을 씻지 않는 사람, 콜록콜록 기침을 해대면서도 마스크를 쓰지 않고 떠들어대는 사람, 몸은 무거운데 일이 많아 출근했다고 병을 자랑하는 사람 등등 누구 하나 스스로 조심하는 사람이 없었다. 회사 분위기가 그런 것이다.

어찌나 조심하는 사람이 없는지, 회사에서 내게도 역시 유급휴가로 처리하라고 하진 않을까 걱정하면서 인스턴트 죽을 먹던 참이었다. 그때 아, 이거, 도리카이 씨 쉬는 사이에 만들었는데 괜찮으면 써봐, 하고 조노우치 씨가 헝겊으로 만든 무언가를 두 개 건넸다. 무심히 펼쳐보니 끝에 고무줄이 달린 사각형 거즈로, 각각 안경 무늬와 선풍기 무늬가 인쇄되어 있었다. 안경 무늬 쪽은 가운데가 조금 튀어나와 있고 선풍기 무늬 쪽은 세로로 주름이 잡혀 있었다. 마스크였다.

정말 고맙습니다, 하고 몇 번이나 고개를 숙이면서 이미 병을 앓고 난 내게 필요한 물건인지 잠시 고민하다가 그래도 보통은 고마운 일이 맞지, 하고 생각을 고쳤다. 아니야, 다가미 씨 아이들 마스크를 만드는 김에, 하고 조노우치 씨는 아무렇지도 않게 말하면서 도시락통 뚜껑을 닫았다. 선배 건 안 만들었나요? 하고 묻자 나는 자전거로 통근하니까, 라는 대답이 돌아왔다. 대화가 조금 어긋난 기분이었지만 오늘부터 자기 마스크를 만들겠다고 하기에, 나는 조금 안도한 기분으로 그날 오후 업무로 돌아갔다.

이튿날 출근하자 전날 점심때 기침을 하던 에다 씨가 보이지 않았다. 병결이라고 했다. 자세한 이야기는 듣지 못했지만 역시 독감일 것이다. 어제 기침은 그럼 독감 병균이 든 기침이었단 말인가? 어이가 없다. 내 친구 중에 마스크 파는 녀석이 있는데 싼값에 살래? 하고 영업부 야마자키 씨가 누군가에게 묻고 있다. 나는 짜증스러운 기분으로 그 말을 들었다. 야마자키 씨는 오늘도 아, 몸이 나른해, 나른하지만 일이 너무 많아서, 라고 아무나 붙잡고 호소하고 있었다. 나는 그날 하루 가급적 야마자키 씨를 피해 다녔다.

돌아가는 길에 약국에 들르자 마스크가 동나고 없었다. 점원에게 묻자 매일 오후 세시쯤 되면 동이 난다고 한다. 그러면 회사에 다니면서 혼자 사는 사람은 어쩌란 말인가? 분노를 느끼며 소독용 알코올을 사서 집에 돌아왔다. 여직원 탈의실에 상비해두기 위해서다. 사실 회사 출입구에 두는 게 나을지도 모르지만, 내 돈으로 회사 전 직원을 위한 소독용 알코올을 마련해야 할 이유는 없으니 잠깐 고민하다가 여직원 탈의실에만 두기로 했다.

이튿날 출근하자 내 뒷자리의 마미야 씨가 보이지 않았다. 병결이라고 했다. 자세한 이야기는 듣지 못했지만 역시 독감이리라. 마미야 씨는 정년퇴직을 몇 년 앞두고 있으니 건강을 좀 챙겼으면 좋겠다. 영업부 야마자키 씨는 어제보다 요란하게 기침을 하면서 도리카이 씨도 마스크 살 테야? 하고 말을 걸었다. 수제 마스크를 받았으니 필요 없다고 말하자 일회용이 아니면 효과가 없다던데, 라고 악담을 내뱉으며 자기 사무실이 있는 층으로 돌아갔다. 뭐야, 어제 말한 마스크 파는 친구가 몇 푼 떼어주나?

내가 이런 이야기를 하며 너무하지 않나요, 하고 덧붙이자 조노우치 씨는 흠, 그 말도 일리는 있네, 하고 직접 마스크를 만든 사람치고는 태연하게 말했다. 선배가 쓸 마스크는 만들었어요? 하고 묻자 어제는 피곤해서 집에 돌아가 목욕하고 바로 잠들어버렸어, 라고 말한다. 빨리 만들라고 하자 조노우치 씨는 이번에도 나는 자전거로 통근하니까 아마 괜찮을 거야, 라고 대답했다. 그러니까 그런 문제가 아니라니까.

이튿날 출근하자 사장이 보이지 않았다. 병결이라고 했다. 자세한 이야기는 듣지 못했지만 역시 독감 때문이리라. 사장도 마미야 씨와 나이가 비슷하다고 들었으니 바이러스 예방에 이토록 무신경한 직장에 있는 것보다는 집에서 안정을 취하는 게 나을 것이다.

그나저나 소독용 알코올을 비치하거나, 양치질과 손 씻기를 게을리하는 사람은 외근이 끝나도 회사로 돌아오지 말라고 지휘해줄 사람이 이럴 때 빠지다니 타격이 크다. 회사 내부의 예방은 이로써 더욱 각자의 양심에 의존하게 되고 말았다.

야마자키 씨는 평소에는 잘 오지도 않는 우리 사무실에 고의적으로 비틀거리며 찾아와서 다가미 씨에게 핑곗거리 같은 잡일을 떠넘기며 마스크를 싸게 파니까 아이들한테 사주라고 치근거렸다. 다가미 씨는 오늘부터 휴교니까 지금은 괜찮다고 거절했다. 야마자키 씨는 다시 등교하게 되면 필요할지 모르잖습니까, 하고 끈질기게 물고 늘어졌다. 그렇지만 근

처에 있던 가키우치 상무가 학교도 쉰단 말이야? 하고 이야
기에 끼어드는 바람에 마스크 영업은 중단되었다. 다가미 씨
는 아이가 학교에서 받아왔다는 인플루엔자 예방 통지문에
대해 상무에게 말했다.

그런 상황을 지켜보면서 조노우치 씨에게 오늘은 마스크
를 만들 수 있겠어요? 하고 묻자 글쎄, 리버풀 시합 재방송을
봐야 하는데, 보면서 재단까지는 할게, 하고 불안한 소리를
했다.

이튿날 출근하자 영업부 가와타니가 보이지 않았다. 병결
이라고 했다. 자세한 이야기는 듣지 못했지만 역시 독감이리
라. 회사에서 가장 젊고 체력도 있는 가와타니가 쉰다는 사
실은 사원들에게 충격을 주었지만 나는 거봐라, 하고 고개를
끄덕거리며 그가 집에서 푹 쉴 수 있기를 바랐다.

조만간 가와타니도 독감에 걸리리라 예상할 수 있었던 이
유는 그가 야마자키 씨의 옆자리였기 때문이다. 아마 마스크
를 사라는 말도 줄기차게 들었을 것이다. 야마자키 씨가 선
배니 남한테 팔기 전에 당신이나 쓰라고 말하지도 못하고,
야마자키 씨가 퍼뜨리는 바이러스를 직통으로 맞고 젊음으
로 겨우겨우 버텨오다가 한계에 다다른 것이다.

오전 중에 가키우치 상무가 다가미 씨를 시켜 소독용 알코
올과 구강 청결제를 비치하게 했다. 상무의 조치인지는 모르
겠지만 사원들은 서로 떨어져서 일하라는 지시도 내려왔다.
그런 이유로 나는 비품창고 구석의 작은 책상에서 지도 설명
문을 쓰게 되었다.

점심시간에 조노우치 씨가 재단은 마쳤어, 하고 말했다. 머리
한구석에서는 이미 너무 늦은 것 같다고 생각하면서도 어떤 무
늬인지 묻자 무당벌레와 전철 무늬라는 대답이 돌아왔다.

창고에서 묵묵히 일을 하고 있는데 조노우치 씨가 찾아왔
다. 나도 잠깐만 여기서 일해도 돼? 야마자키 씨가 또 사무실
에 찾아와 이번에는 타미플루를 구할 수 있을 것 같은데 사
지 않겠느냐고 치근거리는 바람에 그런 걸 구입하느니 그에
게서 떨어져 있는 편이 낫겠다고 판단했다는 것이었다. 다가
미 씨는 면전에 대고 학교는 쉬지만 딸은 팔팔한데 제가 병
에 걸리면 안 되니 지시대로 떨어져서 일합시다, 라고 대답
했다고 한다. 나와 조노우치 씨는 살짝 웃었다.

주말을 보내고 출근하니 휴무일로 착각할 정도로 사람들
이 보이지 않았다. 상황판도 새하얗다. 요컨대 거기에 사유
를 기입할 인력조차 없다는 뜻이다. 다가미 씨도 끝내 패배

해 딸의 간병을 받게 되었다고 했다. 사장이 없는 동안 다방면으로 사내 독감 예방 대책을 세웠던 가키우치 상무도 없었다. 사실 회사 전체가 쉬면 좋겠지만 사장은 앓아누웠고, 가키우치 상무도 회사 전체 휴무를 누군가에게 전달할 새도 없이 쓰러져버렸다. 그런데 공교롭게도 그날 회사 문을 열 당번이었던 야마자키 씨가 출근하는 바람에 나와 조노우치 씨는 되돌아가지 못하고 회사에 남게 되었다.

다른 사무실도 전부 살펴보았지만 출근한 사람은 나와 조노우치 씨, 야마자키 씨뿐인 듯했다. 우리도 이 모양이니 다른 회사도 비슷하지 않을까? 그러니 일손이 없어도 한가하지 않을까? 출근했을 때 조노우치 씨와 그런 이야기를 나누었는데 그 예상은 크게 빗나갔다. 아침부터 전화는 계속 울려대지, 팩스는 줄기차게 쏟아지지, 메일도 줄줄이 들어왔다. 그렇지만 우리 두 사람이 대응할 수 있는 범위란 뻔해서, 자신의 업무가 아닌 것에는 오늘 XX 씨는 휴무니 다음에 다시 연락해주세요, 하고 사과하는 게 고작이었다.

한편 야마자키 씨는 지난주보다 더 바이러스에 침식당한 몰골로 우리가 일하는 사무실에 와서 두 사람밖에 없어? 하고 아연해했는데, 마침 그때 조노우치 씨가 받은 전화의 상대가 그를 찾은 것을 계기로 "야마자키 씨라면 자리에 있습니다"라는 우리의 대응 매뉴얼에 오전 내내 시달리게 되었다.

평소 같으면 은근히 자기는 유능하다는 분위기를 풍기며 바쁜 척하기 좋아하는 야마자키 씨지만, 그날만큼은 정말 눈 코 뜰 새 없이 바빴다. 회사 밖에서도 '유능한 직원'이라는 이미지를 꾸며냈는지, 전화를 한 단골 거래처 사람들은 "XX 씨는 휴무입니다만"이라는 말 뒤에 우리가 "야마자키 씨라 면 자리에 있습니다"라고 미끼를 던지면 예외 없이 덥석 물 었다. 야마자키 씨는 자기 업무와 전혀 상관없는 용건이라도 일단 전화를 받아 영업용 목소리로 그럴싸하게 둘러대며 XX 씨에게 전달하겠습니다, 하고 나와 조노우치 씨가 할 수 있 는 대응까지 도맡아 했다.

정오를 앞두고 야마자키 씨는 외근을 나갔다. 그만 퇴근하 시지? 라고 말해주고 싶었지만 기본적으로 나는 야마자키 씨 의 업무와 아무 상관이 없고, 그가 자기보다 어린 사람의 참 견이라면 질색해 효율적인 복사기 사용법을 알려주려 해도 듣기 싫어하는 터라 잠자코 있기로 했다. 단골 거래처에 바 이러스를 옮기면 미안하니 이거라도 쓰라며 조노우치 씨가 전철 무늬 마스크를 건넸지만 착용할지는 미지수였다.

우리는 점심을 먹으며 저 사람은 왜 회사에 왔을까, 하고 고개를 갸웃거렸다. 회사 문을 열 당번이라는 책임감 때문은 아닐 것이다. 예비 열쇠는 임원 모두가 갖고 있으니까. 그러므로 오늘 아무도 나오지 않을 사태를 예측하고 혼자라도 출근해야겠다는 생각에 회사에 왔을지도 모른다는 의견은 즉시 부결되었다. 직무의식은 그런대로 강한 편이지만, 거기까지 생각할 타입은 아니다. 오늘 일은 아마도 우연이리라.

조노우치 씨는 멍하니 야마자키 씨가 아픈 몸을 이끌고 지난주 내내 출근하지 않았다면 상황이 이렇게까지 되지는 않았을지도 모른다고 중얼거렸다. 확실히, 힘들다고 하면서도 계속 출근했던 야마자키 씨에게 옮은 사원도 몇 명은 되리라.

그건 그렇고 퇴근 시간 직전에야 조노우치 씨가 멀쩡해 보인다는 사실을 새삼 깨달았다. 이유가 뭘까, 역시 자전거로 통근해서 그럴까? 외근을 마치고 바로 퇴근하겠다고 다 죽어가는 목소리로 연락한 야마자키 씨는 전화를 끊기 전에, 타미플루를 구했는데 도리카이 씨 안 살래? 하고 물었다. 나는 너나 먹어, 라는 말을 꾹 집어삼키며 전에 아팠을 때 받은 약이 남아 있다고 대답했다.

그날 밤 늦게 조노우치 씨가 전화를 했다. 회사 비상연락망으로 내일 임시 휴업 조치를 취한다는 연락을 받은 듯했다. 목소리가 들떠 있었다. 조노우치 씨는 독특한 무늬의 마스크가 친구들 사이에서 평이 좋다며 내일 회사에 안 가면 잔뜩 만들 수 있겠다고 의욕을 불태웠다.

임시 휴일을 보내고 이튿날 출근하자 결근했던 사원들이 대부분 돌아와 있었다. 아직 모두 제자리를 찾은 건 아니지만 나와 조노우치 씨, 야마자키 씨밖에 없었던 그저께보다는 일손이 제법 늘어 우리는 역시 그날이 특별했던 거라고 속삭였다.

중요한 일을 끝낸 기분이라 마음이 풀렸는지 열이 확 올랐다느니, 어제는 병원에서 두 시간이나 기다렸다느니, 링거를 맞았더니 몸이 편해졌다느니, 모두들 시끌벅적 떠들어대는 사무실 안에서 야마자키 씨만 소리 소문 없이 결근했다.

조노우치 씨는 마스크를 네 개나 만들고 말았다며, 어제 약국에서 일회용 마스크를 잔뜩 쌓아놓고 팔고 있었으니 당분간 써줄 사람이 없을지도 모른다고 조금 아쉬운 기색으로 말했다. 그러고 보니 조노우치 씨는 정말 아무렇지도 않은 모양이네, 라고 다가미 씨가 말했다. 그러자 조노우치 씨는 역시 자전거로 통근해서 그런 것 아니겠어요, 많은 사람들과 마주칠 일이 없으니 감염될 위험성이 낮은 거겠죠, 하고 태평하게 대답했다. 나는 그런 뜻이었구나, 하고 남몰래 고개를 끄덕였다.

바릴로체의
후안 카를로스 몰리나

성격이 꼼꼼하지 못하다보니 녹화한 프로그램을 HD 리코
더에 그냥 방치하기 십상이다. 빈 공간이 줄어들면 데이터를
삭제하거나 DVD로 옮기며 하루 꼬박 정리해야만 한다. 그
일요일도 점심이 지나서야 일어나서는 내내 리모컨을 쥐고
머리를 싸매고 있었다.

리코더에서 DVD로 옮길 때는 가장 먼저 영화를 고르고 다
음으로 개그 콘테스트 방송, 다음으로 NHK와 민영방송의 30
분 내지 한 시간짜리 고정 프로그램을 순서대로 넣는다. 규
칙을 정한 건 아니지만 편집하기 쉬운 순서다. 민영방송에서
하는 영화는 대개 두 시간으로 편집되고, 광고를 빼면 보통
120분짜리 DVD에 들어간다. 그래서 리코더에는 영화가 거
의 남아 있지 않지만 DVD 통에는 텔레비전에서 방송했다는

사실조차 잊어버린 〈콘스탄틴〉이나 〈내셔널 트레저〉가 들어 있다. 개그 콘테스트 방송은 두 시간이든 세 시간이든 DVD 몇 장으로 나뉘어도 상관없으니 전부 복사한다. 그 프로그램은 몽땅 DVD로 남길 작정이라 HD→DVD로 몸이 알아서 복사 작업을 한다. 하지만 1년 내내 만담이나 콩트 콘테스트를 하는 건 아니니 복사할 기회가 별로 없다. NHK 고정 프로그램은 광고가 적어 몇 회차 방송을 남길지만 정하면 되니 이 역시 간단하다. 민영방송 중에서는 애니메이션 〈아따맘마〉를 줄곧 녹화해왔는데 중간의 쉬어가는 코너를 광고로 인식해서 잘라먹는 리코더 때문에 애를 먹었다.

그런 이유로 내 리코더의 하드디스크에 마지막까지 뒤죽박죽 상태로 남아 있는 것은 스포츠 프로그램뿐이다.

민영방송의 두 시간 반짜리 프로그램이 광고를 자른다 해도 두 시간짜리 DVD에 다 들어갈지 까딱하면 넘칠지는 판단하기가 어렵다. 시합 전 인터뷰 중에 재미있는 내용이 있으면 남기고 싶지만 인터뷰를 넣으면 내가 가진 120분짜리 DVD 한 장으로는 모자랄 때가 있다. 양면이나 단면 이중층 DVD를 사면 되겠지만 비싸기도 하고 그러기는 싫다. 그렇다고 해상도를 낮추는 것도 손해 보는 기분이다. DVD 두 장으로 나눠서 시합이 중간에 끊기는 것도 왠지 참을 수 없다. 편집하기 가장 귀찮은 프로그램이 축구 시합이라 벌써 한참 지난 올림픽 결승전이 여태껏 용량을 잡아먹고 있다. 나는 아직 집에 위성방송 수신기를 연결하지 않았는데, 만약 그날이 온다면 얼마나 큰 참사가 벌어질지 벌써부터 오싹하다.

그나마 피겨스케이트 방송은 정리하기 쉬운 편이다. 일단 광고를 툭툭 잘라내면 대개 두 시간으로 끝난다. 혹시 넘치면 사회자나 해설자가 떠드는 앞쪽을 걷어낸다. 그 방법으로 해결되지 않았던 적은 없다.

눈에 들어오는 시합은 녹화해서 보지만 그리 열렬한 피겨스케이트 팬은 아니다. 가장 자주 보았던 시기는 나가노 올림픽부터 솔트레이크 올림픽까지로, 미셸 콴과 알렉세이 야구딘을 좋아했다. 두 사람 다 보고만 있어도 굉장히 즐거웠기 때문이다. 그 이상의 이유는 없었지만 즐거움만을 명분으로 내세워도 마음 놓고 볼 수 있을 정도로 두 사람은 강했다.

그래서 대학 시절 혼자 하숙집에서 텔레비전을 보는데 솔트레이크 올림픽에 출전한 미셸 콴이 엉덩방아를 찧어 3위에 그쳤을 때는 스스로도 상상하지 못했을 만큼 경악했다. 정말, 정말로 그녀가 금메달을 받는 게 당연하다고 생각했고 '콴이 승리해서 기쁜 마음으로 자전거를 타고 편의점에 가서 츄하이*와 에클레르를 사 와서 축하하는 모습'이라는 내 안의 이

미지 트레이닝도 완벽했다. 질 리가 없다고 생각했다. 하지만 아니었다. 시합이라는 것은 어떻게 굴러갈지 정말 알 수 없는 법이다.

그 후로, 사실 시간이 너무 많이 흘러 변명으로 써먹기엔 유통기한도 간당간당하지만, 어쨌거나 나는 최근 몇 년 동안 일정 수준 이상의 열정을 품고 피겨스케이트를 본 적이 없다. 그냥 멍하니 본다. 하지만 매번 성실하게 녹화해서 DVD로 남겨놓기는 한다. 다만 경기 규칙은 깡그리 잊어버렸다. 잘 타고 있는지 넘어졌는지, 표정이 웃긴지 그렇지 않은지, 의상이 이상한지 도저히 봐줄 수 없을 정도인지 그 정도밖에 구분하지 못한다. 남자 선수라면 탈모 기미가 있는지 없는지 뚫어져라 보고, 페어나 아이스댄싱이라면 연기를 즐기면서 머릿속으로 둘이 사귀는 사이는 아닐까 괜히 엄격하게 판정한다.

그날도 영화, 코미디, NHK 고정 프로그램, 민영방송 고정 프로그램 순서로 정리한 뒤 내키지 않는 스포츠 프로그램 정리에 착수하게 되었다. 나는 화면 전환이 느린 리코더의 리스트 화면을 바라보며 일단 피겨스케이트 프로그램을 찾았

---

* 소주에 탄산과 과즙을 가미한 술.

다. 올해 세계 선수권 남자 프리 경기가 있어 확인차 재생했다. 광고부터 나왔지만 빨리 돌릴 기력도 없어 이윽고 시작된 아나운서의 오프닝 멘트를 들으며 잔뜩 쌓인 세탁물을 개기 시작했다. 내일 출근할 생각을 하면 빨래를 개고 있을 때가 아니라 리코더를 끄고 침대에 들어가 꿈나라로 가야 했지만 토요일인 어제도 잠만 잤으니 오늘 정리하지 않으면 여유가 없는 평일에 괴로워진다.

세 번째 그룹부터 방송해준 듯했다. 불가리아 선수가 나왔다. 불가리아는 금리가 굉장히 높으니 언젠가 그곳에서 은둔할 의향도 있다고 앞으로 몇 년 뒤의 일일지 모를 소리를 하던, 올해 서른 살이 된 회사 선배가 떠올랐다. 나는 화면을 이따금 쳐다보며 흐느적거려서 모양이 안 잡히는 카디건을 갰다.

세탁물은 도통 줄어들 기미가 보이지 않고, 저녁 찬거리를 사러 가기도 귀찮고, 내일은 월요일이라는 사실에 좌절해 그대로 바닥에 드러눕고 싶었다. 제대로 녹화되고 있는지 확인하는 건 이미 중요한 문제가 아니었다. 차라리 한 시간쯤 자고 일어나는 쪽이 나을 듯했다. 그래서 다시 리모컨을 들고 리코더를 봤더니 처음 보는 선수가 연기를 시작하는 중이었다. 일단 그 선수까지만 보기로 하고 리모컨을 내려놓았다.

어째서 그때 가차 없이 *끄*지 않았을까? 아마도 선수의 얼굴이 굉장히 느끼했기 때문이리라. 피겨스케이트 선수 중에서는 좀처럼 찾아볼 수 없는 느끼함이었다.

느끼하게 생긴 그 선수는 유난히 스케이팅이 빨라서 보고 있는 내 속이 다 후련했다. 그에 비해 스핀은 엄청나게 느려서 울컥 짜증이 날 정도였다. 이 인간 그냥 스핀을 돌다가 회전에 취한 것 아닌가? 그렇게 생각한 이유는 아무리 봐도 옷장 맨 앞에 걸려 있던 옷을 집어 입고 나온 게 아닐까 의심스러운 남색 셔츠와 검은색 바지가 일단은 왕자님처럼 차려 입은 다른 선수들 보기에 실례가 될 정도로 평범했기 때문이다. 하지만 역시 얼굴은 느끼하다. 눈썹은 이상하리만치 굵고 머리카락도 숱이 엄청나다. 이마가 다소 훤해서 위태로워 보였지만 대머리는 되지 않을 듯싶다.

우아하면서도 경쾌한 어쿠스틱 기타 반주가 유독 마음에 들어 화면 하단을 유심히 보니 카를로스 바르보사 리마라는 사람의 곡이었다. 해설에 따르면 점프는 그럭저럭 안정적이지만 4회전을 하다가 넘겨졌다고 한다. 표현력이 있는 건지 없는 건지 잘은 모르겠지만 일단 음악이 좋고 리듬을 잘 타서 흐름이 빨라 보인다는 점, 후반에 뭔가 계시라도 내려왔는지 시종일관 싱글벙글 연기했다는 점에 낚여 나는 느끼하

66

게 생긴 그 선수를 키스 앤드 크라이 존 장면 때까지 지켜보고 말았다.

아르헨티나 선수로, 이름은 후안 카를로스 몰리나였다. 코치로 보이는 여성은 상당히 젊었는데 자칫하면 선수보다 더 어려 보일 것 같았다. 그녀는 후안 카를로스 몰리나가 자리에 앉자마자 어깨를 두드리며 테가 굵은 안경을 내밀었다. 후안 카를로스 몰리나는 흥분이 채 가시지 않았는지 그만 안경을 바닥에 떨어뜨렸다가 황급히 주워 들었다. 안경이 전혀 어울리지 않는 얼굴이었다. 보아하니 시즌 베스트를 기록했는지 잠정 2위에 오른 그가 요란하게 승리 포즈를 취한 뒤 코치와 와락 끌어안았다. 그 후 세상에 과연 원하는 사람이 있을지 의문인 손키스를 던지며 그는 당당하게 키스 앤드 크라이 존을 뒤로했다.

나는 고개를 갸웃거리며 리모컨을 들어 리코더를 정지시켰다. 그리고 옆의 앉은뱅이 테이블 위에 올려놓았던 DVD통에서 빈 디스크를 한 장 꺼내 자리에서 일어나 리코더에 넣으러 갔다. 마지막 그룹은 보지 않았지만 이 방송은 남겨두기로 했다. 이 선수가 결정타가 된 걸까? 하지만 대체 어디에 결정타가 있었던 걸까? 스스로 의아하게 여기면서도 나는 프로그램을 DVD에 옮기는 작업을 했다.

세탁물을 전부 개서 옷장에 넣은 뒤 나는 후안 카를로스 몰리나의 연기를 두 번 더 보았다. 그리고 멍하니 남반구와 북반구는 태풍의 회전 방향이 다르다고 하니 저 선수도 어쩌면 회전할 때 느낌이 달라서 스핀이 느린 걸지도 모른다는 생각을 했다.

이튿날 점심때 종종 스포츠 관전 이야기를 나누는 회사 선배 조노우치 씨에게 흥미로운 선수를 발견했다고 말하려다가 잠깐 고민해보고 그만두었다.

물론 나 역시 대화하기 즐겁고 사람도 좋은 조노우치 씨와 수다를 떨고 싶었다. 내가 입사했을 때는 세심하게 업무를 봐주었고, 지금도 선배로서 티 나지 않게 마음을 써준다. 기본적으로 차분하고 느긋한 성격이라 바쁠 때도 정확한 판단을 내릴 줄 안다. 나는 금방 허둥대는 성격이라 이 회사에 들어온 지 5년이 넘었지만 지금까지도 여러 방면으로 의지하고 있다. 조노우치 씨는 화를 거의 내지 않고 당황하지 않으며 포기하지 않는 사람이다.

그렇게 함께 일하기 편한 선배지만, 사실 나는 남몰래 조노우치 씨에게 실례되는 의혹을 품고 있다. 제대로 설명하기도 어렵고 미신 같은 생각이라 솔직히 별로 끄집어내서 확인하고 싶지는 않지만. 그것은 조노우치 씨에게는 뭔가 마이너스 파워가 있어 관심의 대상에게 심각한 영향을 미치는 게 아닐까 하는, 늘 신세를 지는 상대에 대한 평가로는 몹시 무례한 생각이었다. 요컨대 조노우치 씨가 언급하는 팀이나 축구 클럽은 매번 성적이 급격히 떨어지거나 중요한 시합에서 지고, 선수는 감독에게 미움을 사거나 부상을 입는다. 더구나 정도가 요란하기 그지없다. 팀 성적이 떨어질 때는 기록을 갱신할 만큼 바닥을 치고, 질 때는 아주 박살이 난다. 선수가 감독에게 미움을 살 때는 아예 벤치 밖으로 밀려나고, 부상을 당하면 대개 남은 시즌을 전부 날릴 정도다. 조노우치 씨는 굉장히 끈기 있는 사람이라 그런 일로 실망했다며 금세 그 선수나 팀을 잊지는 않는다. 그런 의리 있는 성격은 대단히 훌륭하지만, 그들은 대개 복귀에 애를 먹는다.

후안 카를로스 몰리나는 지난번 세계 선수권에서 10위에 올라 개인 최고점으로 시즌을 마감했지만 딱히 유망한 선수는 아니기 때문에 만일 조노우치 씨의 눈에 들면 조금 가엾다는 생각이 들었다. 게다가 나도 제법 액운을 몰고 다닌다. 내가 좋아하는 밴드는 대개 싸움질로 해체한다. 좋아했던 선수는 소속 클럽이 코파 수다메리카나*에서 우승해 일본에 와서 시합에 출전할 예정이었는데 귀국 한 달 전에 열린 리그

전에서 난투극을 벌여 열세 경기 출장 정지 처분을 받았다. 게다가 정말 망상에 가까운 생각이지만, 콴이 중요한 경기에서 실수한 것에 나는 지금도 약간 책임감을 느끼고 있다. 내가 그렇게 들뜬 마음으로 콴의 우승을 바라는 대신 어느 회사에서 출시한 에클레르를 살지 고민하는 데 집중했더라면 콴이 실수했을 가능성은 조금 줄었을지도 모른다. 내가 재미있다고 생각하지 않았더라면……

그런 이유로 조노우치 씨가 후안 카를로스 몰리나를 그냥 가만히 내버려뒀으면 하는 마음이 있었다. 화근은 나 하나만으로도 충분하다. 뭐, 굳이 걱정하지 않아도 조노우치 씨는 피겨스케이트를 챙겨 보는 사람은 아니니 내가 알려주지만 않으면 괜찮을 것이다. 아마도. 그래서 나는 처음 그를 본 후 일주일 정도는 굳이 아무에게도 그에 대해 말하지 않았다.

한편 짤막하나마 위키피디아에 후안 카를로스 몰리나에 대한 페이지가 있었는데, 공식 사이트는 없는 듯했다. 후안 카를로스 몰리나는 아르헨티나의 산 카를로스 데 바릴로체에서 태어났고, 코치 겸 안무가의 이름은 플로렌시아 알바레스였다. 24세. 현재 국제빙상연맹(ISU) 랭킹 26위. 열아홉 살

---

* 남아메리카 축구 클럽 대항 대회.

때 세계 주니어 피겨스케이트 선수권 5위를 차지했다. 아르헨티나 선수권에서는 5년 연속 챔피언. 어렸을 때는 축구선수를 꿈꿨지만 누나의 영향과 펜션으로 운영하는 자택 뒤편의 연못이 얼어 있어 스케이트를 시작했다고 한다. 부에노스아이레스 대학에서 경제학을 전공했다. 지금은 아이들에게 피겨스케이트를 가르치면서 가업을 돕고 있다. 전에는 늘 바릴로체에서 연습했지만 스케이트장 환경에 문제가 있어 작년부터 시즌 중에는 친척이 있는 이탈리아로 거점을 옮겼다.

산 카를로스 데 바릴로체에 후안 카를로스 몰리나라니, 왠지 복잡하다. 게다가 '스케이트장 환경에 문제'라니, 역시 조노우치 씨에게는 말하지 않는 편이 낫겠다는 생각이 꿈틀거렸다.

함께 실린 사진 속에서 그는 노란 민무늬 셔츠를 입고 마무리 연기로 보이는 포즈를 취하고 있었다. 역시나 눈썹이 굉장히 굵다. 표정은 대담했지만 달리 말하면 긴장감이 없다. 보고 있노라면 불안해지는 타입이다.

나는 기사를 검색할 때 발견한 아르헨티나 스포츠 잡지 사이트를 즐겨찾기에 등록하고 매일 살펴보기 시작했다. 아르헨티나 사람이 피겨스케이트에 얼마나 관심이 있는지는 모르겠지만 축구가 1000일 때 1 정도 비율로는 피겨스케이트

관련 기사가 나와서 가끔씩 읽을거리는 있었다. 그렇지만 스페인어는 전혀 모르기 때문에 스페인어→영어로 번역을 돌려 분위기만 대충 파악하는 수준이었다.

그날은 후안 카를로스 몰리나가 공항에서 인터뷰하는 동영상이 달린 기사가 올라왔다. 기사 제목을 통해 이탈리아에서 돌아온 듯하다는 추측을 했지만, 그 외에는 알 수 있는 정보가 하나도 없었다. 당연히 무슨 말을 하는지도 이해할 수 없었고, 기사가 그의 발언을 그대로 옮겨놓은 것 같지도 않았다. 그래서 나는 멍하니 입이 크네, 치아도 하나하나 다 큼직하네, 하는 생각을 하며 이렇다 할 수확도 없이 동영상을 끝까지 보았다.

나는 그런 지루한 후안 카를로스 몰리나의 뉴스보다 사이트 첫 페이지에 있는 '오늘의 여신'이라는 기사에 시선을 빼앗겼다. 저명한 선수의 아내나 연인, 혹은 스포츠와 연관 있는 여성을 사진과 함께 소개하는 코너인데, 어쨌거나 매일 갱신되는 여신들의 몸매가 어찌나 육감적인지 반드시 눈이 간다. 여신들 대다수가 그 나라 화보 모델이거나 선수와 사귀고 난 후 모델 일도 하게 된 경우로, 사이트에는 천 쪼가리가 유난히 작은 수영복이나 입은 건지 벗은 건지 모를 속옷차림으로 찍은 사진들이 올라왔다. 나는 그 사진들을 바라보며 역시 외국 언니들은 달라, 하고 그저 압도당할 따름이었다.

그날의 여신 사진은 H컵 정도로 추정되는 금발의 가무잡잡한 여성이 선글라스를 끼고 역시나 왜 입었는지 알 수 없을 정도로 작은 비키니를 걸친 채 기관총을 들고 들판에 앉아 있는, 영문 모를 사진이었다. 번역기를 돌려보니 그녀는 독일 축구선수였는데 배우로 전향했다고 한다. 왠지 감탄스러워 그녀의 이름을 검색해보니 영화 소개 사이트 같은 웹페이지가 나왔다. 수영장에서 비키니 상의를 벗고 엎드린 사진, 람보처럼 반나체에 국방색 팬티 차림으로 기관총을 든 사진이 미리보기로 게재되어 있었다. 어째선지 꼭 선글라스를 끼고 있어, 어쩌면 육감적인 몸매와 달리 부끄러움을 타는 사람일지도 모른다는 얼빠진 생각을 했다.

그래서 그만 그 이야기를 점심시간에 꺼내고 말았다. 점심은 회사 안에서 여직원들끼리 모여서 먹는다. 그래봤자 선배 조노우치 씨, 담당 업무가 다른 다가미 씨, 나 이렇게 세 명뿐이지만. 텔레비전을 켜놓지만 의외로 이런저런 대화를 많이 나눈다. 조노우치 씨가 베란다에서 키우는 그린커튼용 여주의 생육 상태부터 다가미 씨의 초등학교 2학년짜리 딸의 담임 선생님이 갱년기일지도 모른다는 이야기까지. 큰 소리로 쉴 새 없이 떠들어대는 건 아니고, 하루에 한 가지 정도의 주제를 누군가가 넋두리처럼 주절거린다. 조노우치 씨와 다가미 씨는 함께 일한 지도 오래됐으니 내가 이런 시시한 이야기를 해도 알아서 흘려들어줄 거야. 그렇게 생각하며 그 전직 여자 축구선수가 그 나라의 V시네마* 같은 영화에 나오는 여배우로 전직한 사실에 대해, 시합할 때 거추장스럽지 않았을까 싶을 정도로 굉장한 육체의 소유자라는 사실에 대해, 그렇지만 미리보기 사진으로만 봤을 때는 절대 선글라스를 벗지 않는 조신한 성격에 대해 차례로 이야기했다.

대화는 구 할쯤 내가 그 E급 월드뉴스에 관해 주절주절 떠들다가 늘 그렇듯 누군가 화장실에 가거나 텔레비전에 나오는 화제로 옮겨가면서 흐지부지 넘어갈 예정이었는데, 그날은 조금 상황이 달랐다.

어머, 독일 어디 소속 선수였는데? 하고 다가미 씨가 되물었던 것이다. 내가 어, 거기까진 모르겠어요, 하고 딱히 독일이나 축구에 관심이 없어 보이는 다가미 씨의 예상치 못한 질문에 어깨를 움츠리는데 조노우치 씨가 뉘른베르크 선수 아니었나? 하고 중얼거렸다.

"도리카이 씨는 그렇다 치고 어떻게 조노우치 씨도 알고

---

* 극장 상영용이 아닌 비디오 배급용으로 만들어진 영화.

있어? 혹시 굉장히 유명한 선수야?"

웃으며 도시락통 뚜껑을 덮는 다가미 씨에게 조노우치 씨는 아니, 딱히 그런 건 아닌데요, 하고 가볍게 고개를 저었다.

"내가 즐겨 보는 스포츠 잡지 사이트 메인에 여자 스포츠 선수나 유명한 남자 선수의 애인이나 부인, 미인 응원단을 특집으로 다루는 작은 모델 화보 코너 같은 게 있어. 그 사람도 거기에 실렸거든."

나는 이야기를 꺼낸 당사자인 주제에 그런가요, 하고 어색하게 시치미를 떼고 고개를 끄덕이면서 어, 왜 나하고 똑같은 사이트를 보는 거지? 하고 생각했다. 조노우치 씨가 영어권 웹사이트를 본다거나 아무래도 핀란드어를 읽을 줄 아는 것 같다거나 카자흐스탄이 산유국이라는 사실을 알고 있으리라는 건 짐작했다. 그렇지만 아르헨티나까지 꿰고 있다는 건 금시초문이다. 이유가 뭐지? 조노우치 씨가 응원하는 축구 클럽에 아르헨티나인 선수라도 있나?

나는 후안 카를로스 몰리나의 이름이 나올지도 모르는 만일의 경우에 대비해 숨을 죽이고 식후의 녹차를 마셨다. 다행히 조노우치 씨가 그 조신한 전직 여자 축구선수를 계기로 다른 이야기를 꺼내는 일은 없이 점심시간이 끝났다.

자리로 돌아와 일과가 되어버린 스포츠 잡지 사이트를 살

퍼보는데 조노우치 씨가 응원하는 클럽이 1부 리그에서 강등될 위기에 처했다는 소식이 보였다. 나는 점심시간에 주문이 이만큼이나 들어왔네, 하고 느긋하게 팩스를 정리하는 옆자리의 조노우치 씨를 바라보며 이 무해해 보이는 여성의 어디에 대체 그런 마이너스 파워가, 하고 실없는 생각을 했다.

그 후 몇 달이 지났다. 전직 뉘른베르크 선수의 근황을 잊어갈 때쯤 사태가 다시 변했다. 변했다고 해야 하나, 변할 수밖에 없었다고 해야 하나.

월요일이었다. 목욕을 하고 나와서 밤 열한시 뉴스 스포츠 코너를 보는데 피겨스케이트 대회에서 일본인 선수가 또 1위를 했다는 소식이 들렸다. 어이, 일본 좀 하는데? 하고 감탄하다가 뭔가 잊어버린 듯해 생각을 더듬어보니 주말 시합을 녹화하지 않은 것이 떠올랐다.

어? 어라, 혹시 그 사람이 출전했나? 어느 시합에 나온댔지? 컴퓨터를 켜고 최근 뉴스를 확인해본 결과, 후안 카를로스 몰리나는 어제와 그저께 텔레비전에서 방송해준 스케이트 아메리카에 나왔다는 걸 알게 되었다. 키보드에 얹고 있던 손에서 힘이 쭉 빠졌다. 그저께는 친구와 밥을 먹으러 나갔고, 어제는 실컷 자다가 그저께 만난 친구가 준 〈킹 오브 콩트〉녹화 DVD를 보다가 맘 편한 방송을 좀 더 보고 싶어 오랫동안 DVD통 아래쪽에 깔려 있던 〈콘스탄틴〉을 보았다. 극장에서 본 영화라 줄거리는 알았지만 이번에는 이 녀석이 〈월스트리트〉 속편의 주인공이란 말이렷다…… 하고 주로 샤이아 러버프의 평범한 연기를 체크하며 봤다. 앞으로 펼쳐질 황당무계한 활약을 생각하며 키아누 리브스 옆에서 큰일났어요 존, 어쩌죠 존, 하고 출랑거리는 샤이아 러버프를 보는 것은 일요일 밤에 걸맞게 다소 허무해서 감개무량했다.

뭐가 맘 편한 방송이야, 스케이트 아메리카에 나왔다잖아 멍청아, 하고 스스로에게 분통을 터뜨리며 어쩔 수 없이 동영상 사이트를 뒤졌지만 비주류 선수의 설움인지 주말 경기 영상이 올라온 곳은 없었다.

아니, 애초에 방송에 그가 나왔는지도 의심스럽다. 그러니 제대로 봤든 안 봤든 결과는 똑같았을지도 모른다. 그렇게 다행스러운 일인지 실망스러운 일인지 모를 생각을 하면서 그날은 일찌감치 잠자리에 들었지만 이튿날 깨어난 뒤에도 자신이 저지른 실수에 대한 자책은 이어졌다. 나는 녹화에 익숙하지 않아, 하고 영문 모를 변명을 하면서 일단 출근했다. 그렇지만 역으로 향하는 자전거 페달이 어찌나 무거운지 익숙하지 않긴 뭐가 익숙하지 않아, 그러면 맨날 하드가 가득 차는 이유는 뭐야, 하고 괜히 더 울적해졌다.

조금 흥미롭다고 생각한 선수 때문에 이렇게까지 낙담하는 이유를 알 수 없었다. 초여름에 읽었던 플로렌시아 알바레스의 인터뷰에서 그녀가 올해는 반드시 피아졸라를 선보이겠다, 다른 선수들은 아르헨티나인도 아니면서 다들 피아졸라의 곡으로 연기하는데 우리가 하지 않는 건 조금 이상하지 않느냐는 말을 했기 때문인지도 모른다. 함께 실린 사진에는 후안 카를로스 몰리나의 집 뒤편의 얼어붙은 연못과, 그 옆에서 바비큐를 하는 후안 카를로스 몰리나와 플로렌시아, 그리고 아이들이 몇 명 찍혀 있었다. 고기를 굽는 후안 카를로스 몰리나 옆에서 카메라를 향해 들창코를 만들어 보이는 비쩍 마르고 키가 작은 안경 쓴 소년을 보니 기운이 빠졌다. 아이들은 아마 두 사람의 제자이리라. 그 소년 외에는 모두 여자아이였다.

돈벌이는 좀 돼? 나는 얼굴을 살짝 찌푸리며 브라우저를 닫았다. 아무리 봐도 벌이는 시원찮을 듯했다. 그러니까 조금은 명성을 높여 얼마쯤은 벌었으면 좋겠다. 그러려면 방송에도 나오지 않는 순위에 그치면 곤란하다.

낙담한 나머지 또 점심시간에 구체적인 선수 이름은 숨긴 채 내 실수에 대해 하염없이 넋두리를 늘어놓았다. 아마 관심

없으시겠지만, 하는 전제를 깔고 토요일에 먹은 훠궈가 너무 맛있어서 피겨스케이트 경기는 까맣게 잊고 있었다는 이야기, 샤이아 러버프는 어째서 그렇게 좋은 역할만 받는지, 잠자리 접대라도 하는 건지, 그 잠자리는 수요가 있기는 한 건지, 적어도 나는 필요 없는데, 라는 이야기, 그리고 그런 일들에 정신이 팔려 녹화를 깜빡 잊어버렸다는 이야기를 했다.

딸이 이따금 피겨스케이트를 본다는 다가미 씨의 반응을 기다렸지만 정작 다가미 씨는 어쩌나, 나왔는지 안 나왔는지 모르면 그게 더 마음에 걸리지, 하고 태평한 반응만 보였다. 따님은 안 봤대요? 하고 미련을 버리지 못하고 물어보자 좋아하는 선수가 안 나온 것 같다며 다가미 씨는 어깨를 움츠렸다.

그런 다가미 씨 대신 나 녹화했어, 하고 말한 건 조노우치 씨였다.

어, 어쩐 일이세요, 왜요? 선배도 피겨스케이트 보세요? 놀라움과 불안이 뒤섞인 감정에 떠밀려 속사포처럼 되묻자 조노우치 씨는 올해부터 보기로 했어, 하고 간결하게 대답했다.

"보고 싶은 선수 이름이 뭐야?"

조노우치 씨가 거리낌 없이 묻기에 어, 저기, 아르헨티나 선수예요, 하고 우물쭈물 답하자 쇼트프로그램은 방송에 안 나왔지만 프리 경기는 나왔어, 라는 말이 돌아왔다. 발언한 사람이 조노우치 씨라는 사실도 잊고 어, 정말요? 어땠어요? 몇 위였어요? 하고 다그치자 조노우치 씨는 6위였을걸, 하고 별다른 뜻은 없는 태도로 어깨를 움츠렸다. 쇼트프로그램에서는 12위였지만 프리에서 만회한 것 같아, 녹화한 DVD 빌려줄게, 라고 말하며 조노우치 씨는 찻잔에 담긴 차를 마시고 깊은 숨을 토해냈다. 나는 예기치 못한 요행에, 거기다 구세주가 조노우치 씨라는 얄궂은 사태에 당황하면서도 일단 말이 통하는 상대를 발견했다는 기쁨에 겨워 다시 떠들어댔다.

"그 선수 코치, 좀 특이하지 않나요? 선수보다 젊어 보이잖아요. 세계 선수권 시합인지 어딘지에서 봤는데, 안무도 짠대요. 아르헨티나는 인재가 부족한가."

"그 사람도 그 선수랑 같은 코치 밑에서 배운 선수였어. 스무 살 때 부상으로 은퇴한 것 같더라고. 그래서 원래 코치가 죽은 뒤에 몰리나의 코치 겸 안무가가 된 것 같아. 몰리나하고 동갑이고 약혼한 사이래."

지난 몇 달 동안 느슨하게 넘실거렸던 의문이 조노우치 씨의 해설로 단숨에 풀렸다. 하지만 괜찮은 걸까? 가르쳐준 사람이 조노우치 씨잖아. 이거 뭔가 위험한 징조가 아닐까?

때마침 조노우치 씨가 응원하는 축구 클럽은 유명한 공격수의 이적 소문이 화제에 오르고 있었다. 그 선수의 공헌도를 수치까지는 잘 모르겠지만 밖에서 볼 때 그 사람이 빠지면 정말 위험하잖아, 라고 느끼기에 충분한 인재였다. 참고로 사이클 대회는 최근 오프시즌에 접어들었는데, 조노우치 씨가 좋아하는 선수는 올해 부상→복귀→바로 부상이라는 흐름으로 중요한 대회에 모조리 결장했다. 해마다 조노우치 씨가 좋아하는 선수 중 꼭 한 명은 골절상을 당한다.

어쨌거나 조노우치 씨에게는 뭔가 있다. 후안 카를로스 몰리나 같은 비주류 선수의 정보를 저만큼 술술 읊을 수 있다니 본인은 아직 못 깨달았어도 분명 관심 가는 구석이 있다는 뜻이다. 플로렌시아에 관한 정보는 아마 일본어로 되어 있지도 않았을 텐데, 조노우치 씨가 그것을 알고 있다는 사실이 무엇을 의미할까?

조노우치 씨는 거듭 알려주었다.

"다음 달 스케이트 캐나다에도 나온대."

"교통비는 괜찮을까요? 이탈리아에서 연습한다면서요."

"11월까지는 바릴로체에 있을 거래. 펜션도 바쁠 때고 학생들도 가르쳐야 해서."

이탈리아에는 3월 세계 선수권이 끝날 때까지 머문다고 했다.

이런, 이 화제에서 벗어날 수가 없다. 다가미 씨가 바릴로체가 어디야? 하고 극히 일반적인 질문을 하자 스키 리조트가 유명한 아르헨티나의 도시예요, 남미의 스위스라고 불려요, 하고 조노우치 씨가 똑 부러지게 대답했다.

　나는 다가미 씨의 말상대는 조노우치 씨에게 맡기고 이거 좀 큰일 났다 싶은 기분으로 아직 뜨거운 녹차를 마셨다. 점심시간이 되면 조노우치 씨는 어김없이 녹차를 끓여준다. 원래 가장 어린 내가 해야 할 일이지만 조노우치 씨는 싫은 소리 한마디 않고 차를 준비해준다. 그게 또 얼마나 꿀맛인지.

　바릴로체라는 잘 알지도 못하는 도시의 이야기가 언제까지고 이어질 리 없어, 다가미 씨와 조노우치 씨의 대화 주제는 지난 주말에 다녀왔다는 맞선 파티로 옮겨갔다. 조노우치 씨는 지난 1년 동안 한 달에 한 번꼴로 맞선 파티에 참석하거나 부모님이 주선한 남자와 식사를 하고 있다. 아무리 조노우치 씨라 해도 그렇게 매일매일 인터넷으로 뉴스를 보고는 울먹거리며 업무로 돌아가거나, 좋아하는 팀이 4강에 오르려면 앞으로 몇 시합까지 져도 괜찮은지 승점을 계산하거나, 오늘은 쿠오피오가 아스타나*보다 더 춥다더라, 별일이다, 라는 정말 아무래도 상관없는 이야기를 나한테 건네는 것은 아니다(쿠오피오와 아스타나는 지명인데 '춥다더라'라는 말이 없으면 지명인지 아닌지도 분간할 수 없다). 나이가 찼으니 일단 결혼은 하고 싶은 모양이다.

이대로 그쪽에 집중해주지 않으려나. 듣자하니 파티에서 그럭저럭 괜찮은 남자를 만났다고 한다. 행정사라는 것 같다. 나는 정말 그런 사람을 만날 수 있는 파티가 있구나, 하고 생각하는 동시에 그 만남에 대해 어쩐지 시큰둥한 조노우치 씨의 태도에 불안을 느꼈다.

왠지 인생이 너무 술술 풀리는 사람이란 말이에요. 조노우치 씨는 뭔가 조금 시시하다는 투로 말했다. 다가미 씨가 좋잖아, 그런 편이 걱정도 없고, 하고 웃으며 말하기에 나도 그래요, 인생이 술술 풀리는 것보다 더 좋은 일이 어디 있겠어요, 하고 맞장구를 쳤다. 그렇지만 그 말이 과연 조노우치 씨의 마음에 닿았을지는 알 수 없었다.

스케이트 캐나다의 쇼트프로그램 방송이 있는 날에 조노우치 씨가 몰리나는 오늘 밤에 나와, 잊지 마, 하고 말해주었다. 덕분에 녹화 준비도 확실하게 했고 김치 전골과 싸구려 맥주도 충분히 준비해두었다.

---

* 쿠오피오는 핀란드 중남부의 도시, 아스타나는 카자흐스탄의 수도이다.

생중계는 아니었지만 황금 시간대에 방송해주었다. 후안 카를로스 몰리나는 쇼트프로그램에서 3위를 했다. 세상에, 라는 느낌이었다. 피겨스케이트 선수로는 고령인 스물네 살이라 더 이상의 발전 가능성은 없을 듯해 걱정스러웠는데 지난번 12위였던 순위를 설욕한 것이다. 두 번째 콤비네이션 점프에서 손으로 바닥을 짚었지만 나머지 연기를 큰 실수 없이 해낸 모양이다. 혹시 다른 선수가 실수했나? 프로그램 구성 점수가 생각보다 잘 나왔는지 키스 앤드 크라이 존에서 플로렌시아가 몇 번이나 후안 카를로스 몰리나의 등을 두드리며 울먹거렸다. 자기가 만든 안무이니 더욱 기뻤을 것이다. 그나저나 키스 앤드 크라이 존에서 저렇게 바보처럼 대놓고 기뻐하는 선수와 코치는 처음 본다.

곡은 에밀리오 데라페냐라는 사람의 음울하고 아름다운 피아노곡이었다. 얼굴은 느끼했지만 나름대로 우아한 구석이 있고, 얼음판을 지치거나 회전하지 않을 때의 동작도 지루하지 않았다. 동작 하나하나에, 이렇게 손을 뻗거나 허리를 굽히면 아름다워 보인다는 인식을 뛰어넘어 고심 끝에 짜낸 필연성이 느껴졌다. 화려하지는 않지만 인상적인 연기였다.

혹시 발전 가능성이 있는 걸까? 식어버린 김치 전골을 다시 데우면서 생각에 잠겨 있는데 조노우치 씨한테서 문자가

왔다. '봤어? 굉장히 잘하더라. 조금 더 좋은 점수를 받을 줄 알았는데, 욕심일까? 어쨌든 지금 혼자 건배하고 있어. 그랑프리 파이널까지 올라가면 좋겠다'라는 차분한 내용이었다. 그렇다, 조노우치 씨는 차분한 사람이다. 좋은 일이 있어도 얼씨구나 하고 기뻐하지 않는다. 괴로운 일이 있어도 눈물만 살짝 글썽거릴 뿐, 그대로 일을 계속한다. 참고로 그 괴로운 일의 최고 수준은 좋아하는 선수가 약물 검사 양성 반응으로 1년 이상 출장 정지 처분을 받고 이어 은퇴 선언을 했던 일로 기억한다(나중에 은퇴 선언은 철회했지만).

다음 날은 토요일이라 영화라도 보러 갈까 하다가, 프리 경기 방송 때문에 외출은 그만두기로 했다. 어쩌면, 어쩌면, 후안 카를로스 몰리나가 굉장히 뜻밖의 결과를 가져다줄지도 모른다는 기대감 때문이었다. 조노우치 씨는 그 행정사와 식사 약속이 있다며 혹시 모르니 방송을 꼭 녹화해두라고 신신 당부했다. 나는 집에서 리모컨을 손에 쥐고 텔레비전을 보면서도 깜빡하고 원하는 방송을 녹화하지 못하는 인간이라 예약 녹화를 걸고 외출한 조노우치 씨가 더 믿음직하다고 생각하지만, 조노우치 씨는 기대가 되는 만큼 불안하기도 한 모양이었다.

그런 식으로 조노우치 씨와 나를 잠시 끓어오르게 만든 후안 카를로스 몰리나는 결론부터 말하면, 프리는 완전히 엉망이었다. 독감에 걸렸다고 합니다, 라는 중계 아나운서의 설명을 듣는 순간 뭐야, 하고 소리 내어 내뱉고 말았다. 그와 동시에 후안 카를로스 몰리나는 아이스링크와 관객석을 구분하는 칸막이에 충돌했다. 그는 5초쯤 일어나지 못했다. 실수를 하면 바로 회복하지 못하는 타입이다. 정신력이 약한 것이다.

그 후의 연기도 처참했다. 피겨스케이트 선수를 볼 때 점프가 성공했을 때만큼 대단하다 싶은 순간이 넘어졌을 때도 재빨리 일어나 연기를 이어나갈 때인데, 후안 카를로스 몰리나에게는 그 재능이 없었다. 기술은 조금 괜찮을지 몰라도 만회 실력은 평범하다. 뭐, 이해는 된다. 하지만 아무리 모두가 이해해줘도 너는 그러면 안 되지, 라는 생각도 들었다. 하지만 또 그런 면이 이해되기 때문에 응원해주고 싶은 마음도 있었다.

당연히 점수는 엉망이라 쇼트프로그램에서 벌어놓은 점수로도 그랑프리 파이널에 올라가지는 못했다. 녹초가 되어 고개도 들지 못하는 후안 카를로스 몰리나의 어깨를 감싸주며 플로렌시아는 이따금 뭐라고 속삭였다. 표정은 엉망이었지만 조금이라도 웃으려 했다.

주말이 지나고 찾아온 월요일 오전 내내 조노우치 씨에게 어떻게 말을 꺼내면 좋을지 고민했는데, 괜찮은 돌파구를 찾을 수 없었다. 아쉬웠네요, 하고 웃어야 할까, 그 사람은 안 되겠어요, 하고 투덜거려야 할까. 도시락통 뚜껑을 열면서 고민하고 있는데 그 행정사 말이야, 하고 조노우치 씨가 먼저 입을 열었다.

"토요일에 같이 식사를 하는데 대화가 도통 통하지 않아. 자꾸 자기 자랑만 해. 게다가 화제마다 어쩌나 이야기를 길게 늘어놓던지. 점점 듣고 있는 게 괴로워져서 말을 끊고 집으로 돌아와버렸어."

어, 아깝게, 뭐라고 했어? 다가미 씨가 묻자 조노우치 씨는 보고 싶은 텔레비전 방송이 있다고 말했어요, 하고 고개를 천천히 저으며 한숨을 쉬었다. 데이트를 내던지고 돌아왔는데 그런 결과였단 말인가. 아니면 조노우치 씨가 그렇게까지 하면서 보려 했기 때문에 그런 결과가 나온 걸까? 역시 대단하다. 하지만 그건 녹화 방송이었는데. 나는 오만 가지 생각을 하다가 서서히 치밀어 오르는 허무감에 눈물을 머금고 이미 비어버린 조노우치 씨의 찻잔에 차를 따랐다.

후안 카를로스 몰리나가 올라가지 못한 그랑프리 파이널은 친구 집에서 전골을 먹으며 보았다. 나와 마찬가지로 피겨스케이트를 좋아하는 친구는 요즘에는 싱글 경기에서 일본 선수가 유난히 강하다는 것밖에 모르겠던데, 특이한 사람이라도 있어? 하고 물으며 새콤한 폰즈 소스와 고추장에 부추를 찍어 행복한 얼굴로 먹고 있었다. 그러고 보니 나가노 올림픽도 이 친구 집에서 보았다. 굉장히 특이한 선수가 있어, 하고 열심히 꾀는 통에 필리프 캉델로로의 경기를 함께 보았는데, 그때 나는 깔깔거리며 스포츠라는 틀 안에서 저만큼 다양한 표현이 가능하구나, 하고 감탄했다.

내가 후안 카를로스 몰리나와 플로렌시아의 이야기를 들려주자 친구는 우즈베키스탄에도 있지 않았나? 함께 배운 스승이 돌아가신 뒤에 서로 코치를 해준 남녀 싱글 선수, NHK가 주최한 경기에도 나왔을 텐데, 하고 반응했다. 말리니나하고 스코르니아코프 말이야? 하고 묻자 맞아 맞아, 나 그 사람들 좋아했는데, 정말 열심히 봤어, 학생이라 시간이 많았던 거지, 하고 친구는 시금치를 한 움큼 냄비에 넣으며 회상했다.

정초에 조노우치 씨는 야마나카 호수 근처의 온천 여관에서 새해를 맞이했다는 말을 했다. 빙어 낚시를 다녀왔다고 한다. 뜬금없이 어쩐 일이냐고 묻자 그저 얼어붙은 호수 위를 걸어보고 싶었다고 하는, 정말로 무심한 대답이 돌아왔다. 그럼

88

그냥 아이스링크에 갔어도 되는 것 아닌가 싶었지만 얼음 위라고 하면 조노우치 씨는 빙어 낚시가 먼저 떠오르는 모양이다.

얼음이 녹아 물속에 빠지면 당황하지 말고 우선 걸어왔던 방향으로 몸을 돌려야 한대. 조노우치 씨가 차분하게 말했다. 그런 다음 팔꿈치를 써서 얼음 위로 상체를 끌어 올리고, 열쇠나 빗처럼 끝이 뾰족한 소지품이 있으면 얼음에 꽂고 그걸 붙잡아서 얼음 위로 상반신을 끌어당겨야 한대. 그리고 다리로 물을 차고, 기어오른 다음에도 바로 일어나지 말고 한동안 엎드린 자세로 기어서 얼음 구멍에서 벗어나는 게 가장 좋은 방법이래. 그러면 체중이 분산된다나봐.

그런 걸 어떻게 아셨어요? 야마나카 호수의 얼음이 깨질 뻔하기라도 했어요? 내 질문에 조노우치 씨는 고개를 저으며 여행에서 돌아와 집에 있던 책으로 조사한 것뿐이라고 했다. 어째서 그런 지식이 실린 책을 갖고 있는지에 대한 의문은 접어두고, 먼저 어째서 조사할 생각을 했는지 물어보았다. 그러자 조노우치 씨는 다소 심각한 표정으로 올해 바릴로체의 겨울이 따뜻하다고 해서 어쩐지 궁금했거든, 하고 대답했다. 그렇구나. 나는 이해하면서도 아니, 그래도 바릴로체에도 스케이트장은 있을 텐데 설마 정말로 집 뒤편 연못에서 연습할까요, 라고 반박하려다가 그만두었다.

그렇게 올겨울이 따뜻할지도 모른다는, 어떻게 할 수도 없는 문제를 걱정하는 조노우치 씨와 내게 더욱 걱정스러운 정보가 날아들었다.

그날 점심시간이 끝나기 전 3분 동안 벌어진 일이었다. 자리로 돌아가 평소대로 아르헨티나 스포츠 잡지 사이트를 열고 눈에 띄는 기사와 사진을 살펴본 뒤 마무리로 '오늘의 여신'을 구경하다가 눈을 의심할 만한 글자를 발견했다. 속살이 훤히 비치는 속옷 차림으로 시트 위에 드러누워 도발적인 시선을 던지는, 가무잡잡한 피부와 풍성한 검은 머리카락을 가진 섹시한 여성이라는 틀에 박힌 사진 밑에서 후안 카를로스 몰리나의 이름을 발견한 것이다. 스페인어를 읽을 줄 모르는 나는 번역기를 돌리려다가 조노우치 씨에게 묻는 게 빠르다고 판단하고 죄송한데요, 이것 좀, 하고 선배를 불렀다.

조노우치 씨는 팔짱을 끼고 서서 사진 아래의 글을 읽더니 으음, 하고 신음했다. 뭐라고 적혀 있어요? 그렇게 묻는 내게 조노우치 씨는 일단 파파라치가 찍은 사진이 있는 것 같아, 하고 고개를 갸웃거렸다. 이탈리아 화보 모델 같은 그 여성은 마리아 갈레아노라는 이름이었고, 후안 카를로스 몰리나의 팬으로 작년 연말에 함께 바에 있는 모습이 사진에 찍혔다고 한다. 후안 카를로스 몰리나는 친구라고 주장하는 모양이지만, 기사는 의심스럽다는 뉘앙스로 끝을 맺었다고 한다.

몇 푼 값어치도 안 되는 후안 카를로스 몰리나의 사진은 왜 찍은 거야! 내가 파파라치라면 안 그래! 내가 분개하자 조노우치 씨는 그건 그렇지만, 하고 마우스를 잡아당기더니 그 여성의 이름을 복사해 검색란에 붙여 넣었다. 결과가 줄줄이 쏟아졌다. 조노우치 씨는 기사 요약을 몇 초 훑어보더니 이 사람이 유명한 것 같아, 하고 모니터를 가리키고는 자기 자리로 돌아갔다.

나는 후안 카를로스 몰리나의 이름을 검색해보고 마리아 갈레아노의 검색 결과가 두 자리 수는 더 많다는 사실을 확인한 뒤 어쩐지, 하고 중얼거렸다. 아니, 어쩐지가 아니지. 이 일 때문에 앞으로의 시합에 괜한 불똥이나 튀지 말아야 할 텐데.

내 우려는 적중했다. 나쁜 예감은 잘 맞는 법이다. 며칠 뒤, 플로렌시아가 현재 여름인 아르헨티나로 돌아가버렸다는 기사를 발견했다. 후안 카를로스 몰리나는 이탈리아에서 혼자 연습하고 있는데 플로렌시아와는 연락이 닿지 않는다고 했다.

아아, 역시! 나는 울부짖고 싶은 심정이었다. 여자 문제는 경기 밖에서도 의외로 선수들의 발목을 잡는다. 게다가 상대는 나름대로 유명한 여성인 모양이다. 아니, 당신, 어째서 후안 카를로스 몰리나 같은 녀석하고 술을 마신 거야? 그 녀석 빈털터리라고. 정신력도 약하고, 근시고, (피겨스케이트 선수치고는) 나이도 많단 말이야. 나는 그렇게 마리아 갈레아노를 다그치고 싶은 심정이었다. 물론 파파라치에게도 마찬가지였다. 마리아 갈레아노와 함께 있는 남자가 후안 카를로스 몰리나라니 이건 공쳤군, 이야깃거리도 되지 않겠어, 하고 사진을 팔지 말았어야지, 혹시 당신도 빈털터리라 그랬던 거야? 나는 순간 파파라치를 동정할 뻔했다. 하지만 금세, 그런 사진이나 파니까 특종을 못 잡는 거야, 하고 몇 마디 해주고 싶어졌다.

그다음 주초에 후안 카를로스 몰리나도, 플로렌시아도, 마리아 갈레아노도, 파파라치도 아닌 인물이 이번 가십에 대해 인터뷰한 기사를 발견했다. 후안 카를로스 몰리나의 고향 집 뒤편 연못가에서 굵고 검은 플라스틱테 안경을 쓰고 지나치게 어깨를 움츠리고 있는 그 소년은 전에 보았던 바비큐 사진에서 카메라를 향해 들창코를 만들고 있던 후안 카를로스 몰리나의 제자였다.

마침 회사에서 기사를 발견했기 때문에 조노우치 씨가 해석해주었다. 소년의 이름은 곤잘로 카르도소인데 기사에는

'las gafas', 즉 '안경'이라는 별명으로 적혀 있었다. 곤잘로는 몸집이 작아 일본으로 따지면 중학교 1학년쯤으로 보였는데 실제로는 열일곱 살이라고 했다. 곤잘로는 플로렌시아와는 매일 만나고 후안 카를로스 몰리나와도 연락하고 지낸다며, 후안 카를로스 몰리나는 결백하고 플로렌시아도 그 사실을 알고 있다고 했다. 하지만 파파라치에게 들킨 그날 '(남자) 친구와 한잔하러 간다'고 플로렌시아에게 외출 핑계를 댔다는 점, 플로렌시아는 사실 그 점을 용서할 수 없었고 후안 카를로스 몰리나는 그 일로 플로렌시아가 화를 내는 이유를 이해하지 못하고 있다는 것을 언급하며 두 사람이 서로 어긋나고 있다고 했다.

곤잘로는 둘 다 소중한 선생님이니 화해할 수 있도록 최선을 다해 돕겠다고 했다. 본인의 훈련은 어떠냐는 질문에 곤잘로는 매일 좁은 이곳 스케이트장에서 혼자 연습하고 있다며 널찍한 후안 카를로스의 집 뒤편 연못이 빨리 얼면 좋을 텐데, 라고 대답했다. 얼마 전까지 혼자였는데 지금은 플로렌시아와 함께 연습하고 있다, 그래도 플로렌시아가 이탈리아로 돌아갔으면 좋겠다, 라는 곤잘로의 말로 인터뷰는 끝났다.

정말로 연못에서 연습한다니 놀랍기도 하면서, 그런 문제로 싸웠다니 기운이 빠졌다.

조노우치 씨는 모니터에 대고, 이해하지 못하겠다는 태평한 소리를 할 때가 아니라 거짓말을 했으니 일단 냉큼 사과부터 해, 라고 말했다. 그래, 사과해. 나도 상당히 진지하게 말했다.

우리가 한 말이 통했는지, 그렇지 않아도 미묘한 성적인데 싸우고 있을 때가 아님을 깨달았는지, 후안 카를로스 몰리나와 플로렌시아는 화해를 결심한 것 같았다. 1월도 이미 하순에 접어들었을 때였다. 하지만 세계 선수권에 집중하기 위해 4대륙 선수권에는 나가지 않기로 했대, 라는 조노우치 씨의 말에 나는 그만 아, 남미 선수도 4대륙에 나갈 수 있어요? 하고 멍청한 질문을 했다. 조노우치 씨가 만물박사라 나는 점점 배움에 게을러지고 있다.

2월이 되자 마리아 갈레아노가 '오늘의 여신'에 재등장했다. 진짜 애인과 데이트하는 모습을 찍었다는 기사도 있어 그냥 무방비한 사람이구나, 하고 조노우치 씨와 세상에서 가장 쓸모없는 감상을 주고받았다. 벌써부터 긴장이 되어 세계 선수권은 끝난 다음에 결과만 알려줬으면 좋겠다는 생각을 하며 지냈다.

딱히 눈에 띄는 뉴스도 없었다. 후안 카를로스 몰리나는 기자와의 전화 인터뷰에서 이탈리아 훈련 상황은 어떠냐는 질문에 연습은 그냥 그런데 버섯이 맛있다, 말린 버섯을 사서 가져갈 생각이다, 라는 얼간이 같은 대답을 실실 해댔다. 하지만 플로렌시아가 후안 카를로스는 고도로 집중하고 있으며 다음 달 세계 선수권은 그에게 가장 중요한 경력이 될 것이라고 대답했기에, 나와 조노우치 씨는 후안 카를로스 몰리나가 대체 누구를 속이려고 피겨스케이트 업계 사람은 별로 주목하지도 않을 스페인 미디어에서 엉뚱한 소리를 하는 걸까, 어쩌면 플로렌시아가 후안 카를로스 몰리나에게 압박을 가하는 걸지도 모른다고 숙덕거렸다.

3월 둘째 주에 접어들 무렵, 항상 보는 스포츠 잡지 사이트 메인에 어디서 많이 본 듯한 소년이 등장했다. 어디 아픈가 싶을 정도로 새빨간 얼굴을 하고 스케이트링크에서 주먹을 쥔 채 승리 포즈를 취한 사진이었다. 그 사이트에서 후안 카를로스 몰리나 이외의 피겨스케이트 선수를 다룬 건 처음이라 깜짝 놀라 유심히 보니 안경을 벗은 곤잘로였다. 놀랍게도 세계 주니어 피겨스케이트 선수권 3위에 올랐다는 소식이었다. 나는 전혀 몰랐지만 당연히 알고 있던 조노우치 씨는 위성방송으로 녹화했으니 다음에 DVD를 빌려줄게, 라고 내게 말했다.

조노우치 씨는 사실 방송 당일 어머니의 전화를 받느라 시합을 거의 보지 못했다고 했다. 딸에게 안락한 결혼 생활을 강경하게 권하고 있다는 조노우치 씨의 어머님은 딸이 맞선 파티에서 만난 행정사와 식사를 하다가 도중에 돌아온 일을 아직도 잊지 못해 무조건 넙죽 사과했어야지, 아니면 다른 파티에 참석해라, 하고 자꾸 타이르듯 반복한다고 했다. 조노우치 씨가 알았어, 4월에 할게, 라고 역시 똑같은 대답을 되풀이하다가 텔레비전을 보니 키스 앤드 크라이 존에서 곤잘로를 사이에 두고 양옆에 앉은 플로렌시아와 후안 카를로스 몰리나가 울고 있었다고 한다. 곤잘로는 얼빠진 얼굴로 넋이 나가 있었는데, 세 사람은 스태프가 쫓아낼 때까지 그 자리에 앉아 울다가, 돌처럼 굳었다가, 누구에게 보내는지도 모를 손키스를 던지기도 했다고 한다.

곤잘로의 놀라운 성적은 분명 조노우치 씨가 어머니의 전화에 붙들려 있었기 때문이라고 나는 남몰래 확신했다. 나중에 다시 보니 경기 내용도 좋았다고 한다. 오랫동안 연습했던 4회전 토루프는 실패했지만 우려했던 3회전 러츠와 3회전 토루프로 구성된 콤비네이션 점프는 훌륭하게 성공했고, 나머지 과제도 깔끔하게 처리했다고 조노우치 씨는 설명했다. 스핀은 스승을 닮아 느리다고 한다.

이야기를 들으면서 멍하니 곤잘로가 후안 카를로스 몰리나보다 소질이 있는 게 아닐까 하는 생각을 했다. 눈에 들어온 또 다른 기사에는 호텔 로비에서 눈을 꾹 감고 두 손으로 브이 사인을 날리는 곤잘로의 멍청해 보이는 사진이 실려 있었지만.

세계 선수권은 곤잘로의 낭보 뒤에 금세 찾아왔다. 전날 뉴스 사이트의 기사에는 후안 카를로스 몰리나가 상위권을 노리기 위해 새로운 프로그램을 연습하고 있다는 단신이 실려 있었다. 괜한 욕심 때문에 쓸데없는 짓을 하다니, 지금 할 수 있는 거나 제대로 하란 말이야, 하고 기운이 빠졌지만 막상 경기를 보니 그 생각은 바뀌었다.

피아졸라의 곡으로 연기하겠다고 말하면서도 여태껏 그러지 않았던 것을 탓할 생각은 없었다. 그렇지만 후안 카를로스 몰리나와 플로렌시아는 마음에 두고 있었는지 이번에는 피아졸라의 곡을 사용한 프리프로그램을 선보였다. 노타이셔츠에 언뜻 검은 양복처럼 보이는 의상을 입고 얼음을 지쳐 아이스링크 가운데로 들어간 후안 카를로스 몰리나가 동작을 딱 멈추고, 중계 아나운서가 〈남녁: 돌아온 사랑(Sur: Regreso Al Amor)〉이라는 곡명을 읊는 순간, 작년 연말부터 얽히고설켰던 두 사람의 관계가 비쳐 그만 웃음을 터뜨리고 말았다. 그렇지만 연기가 시작되자 마냥 웃을 수만은 없었다.

굉장히 훌륭했던 것이다. 후안 카를로스 몰리나는 그동안 조급한 성미를 제대로 다스리지 못하는 구석이 있어 칸막이에 부딪혀 넘어지는 일이 잦았는데, 오늘 처음으로 자신의 속도를 제대로 제어하고 있는 것처럼 보였다. 그는 〈특수 최전선〉* 엔딩곡이 생각나는 어둡고 힘찬 음악을 타고 버섯이 어쩌고저쩌고 했던 남자라고는 생각할 수 없을 만큼 진지한 얼굴로 좌절하고, 자책하고, 다시 일어서는 강인한 힘을 표현했다. 연기를 하고 있다기보다 스케이트를 타면서 자기가 살아온 궤적을 떠올리며 그 충동이 이끄는 대로 움직이는 것처럼 보였다. 그런 식으로 보이는 동작 하나하나가 계획에 따라 치밀하게 구성되었다는 사실에 나는 순수하게 감탄하고 말았다.

지난해 10위를 기록했던 후안 카를로스 몰리나는 개인 최고 득점을 경신하며 6위에 올랐다. 점프에서 실수는 했지만 연기를 마친 후안 카를로스 몰리나의 표정은 만족스러워 보였다. 키스 앤드 크라이 존에서는 평소처럼 플로렌시아와 나

---

* 1970~1980년대에 인기를 끌었던 일본의 형사 드라마.

란히 앉아 있었지만 작년이나 곤잘로 경기 때처럼 환희하는 기색은 없이 굳은 악수만 나누었다.

방송이 끝나자 조노우치 씨가 문자를 보내왔다. 오늘은 휴대전화를 끄고 텔레비전을 봤다고 한다. 연기에 대한 이야기는 굳이 하지 않았다. 조노우치 씨는 관객석에 마리아 갈레아노가 애인과 함께 앉아 있었고 다른 자리에 곤잘로도 있었다고 알려주었다. 혼자 온 듯한 곤잘로는 경기 시작 전에 잠깐 화면에 비쳤는데, 하늘색과 하얀색이 어우러진 국기를 머리 위로 치켜들고 내내 뭐라 큰 소리로 외쳐댔다고 했다.

대회가 끝나고 셋이서 식사라도 하러 갔을까? 나는 멍하니 그런 생각을 하며 반주를 한잔 마시고 일찌감치 침대에 들었다. 내일은 포르치니 버섯을 사서 집에서 파스타를 만들어야지. 다음 시즌까지 후안 카를로스 몰리나의 연기를 못 보게된다는 사실보다 내일부터는 한동안 괜히 마음 졸이지 않아도 된다는 사실에 안도했다.

✻

그 후 후안 카를로스 몰리나는 내가 아는 범위에서는 딱한 번, 단독으로 일본 뉴스에 나왔다.

늦은 장마가 시작될 무렵, 세계적인 통신사의 지역 뉴스 기사였다. 바릴로체에 있는 얼음 연못에 빠져 혼자 힘으로 탈출한 남성이 알고 보니 피겨스케이트 선수였다는 내용이었다. 후안 몰리나 선수(25)는 과거에도 몇 번 이런 경험이 있었지만 이번에는 정말 위험했다, 겨울이 따뜻하다고 해도 우습게 여겼는데 큰코다쳤다, 마침 스케이트화를 신고 있지 않아 약혼반지를 얼음에 찍고 팔을 지렛대처럼 사용해 몸을 얼음 위로 끌어 올렸다, 고 한다. 조노우치 씨가 알려주었던 것과 똑같은 방법으로 탈출했다는 사실에 괜히 웃음이 나는 한편 조노우치 씨의 감이랄까 투시력 같은 능력이 신비롭기만 했다.

내년 초에는 아이도 태어나니 조심해야겠다, 연못 주변에는 당분간 얼씬도 하지 말아야겠다, 라는 말로 인터뷰 기사는 끝을 맺었다. 조노우치 씨에게 그 이야기를 하자 그녀는 후안 카를로스 몰리나와 플로렌시아 사이에 아이가 태어난다는 소식에는 귀도 안 기울이고 그래, 역시 겨울이 따뜻해져서 큰일이야, 하고 심각한 표정으로 끄덕거렸다.

조노우치 씨가 좋아하는 축구 클럽은 한때 강등당할 뻔했지만 간신히 유럽 챔피언스 리그 출전 자격을 따냈고, 작년에 부상과 소속 팀 문제로 모든 그랑 투르에 결장했던 사이클 선수는 무사히 복귀해 투르 드 프랑스에 출전한다고 했다.

그 무렵에는 이미 나도 특별히 조노우치 씨의 액운에 대해 생각하지 않게 되었다. 조노우치 씨는 맞선 파티는 여전히 시시하지만, 베란다의 여주는 작년보다 쑥쑥 잘 자라고 있다며 익으면 내게도 주겠다고 약속했다.

8월, 아르헨티나 국내 선수권에서 후안 카를로스 몰리나는 곤잘로에게 큰 점수 차로 패해 5년 동안 지켜냈던 아르헨티나 챔피언 자리를 내놓게 되었다. 그리고 얼마 지나지 않아 후안 카를로스 몰리나는 은퇴를 발표했다.

어쨌거나 조금은 수요가 있는지 후안 카를로스 몰리나의 은퇴 기사에는 짧은 동영상이 달려 있었다. 생각보다 후련한 얼굴로 여기자의 질문에 대답하고 있었다. 은퇴 이유는 지금까지 쌓아온 노력에 부끄럽지 않은 스스로 만족할 만한 성과를 거두었고, 연습 시간이나 강화 훈련 비용이 부족한데 곤잘로와 나누어 쓰다가 공멸하는 결과를 방지하기 위해서라고, 또한 임신 중인 플로렌시아 대신 곤잘로의 헤드 코치를 맡기로 결심했기 때문이라고 했다. 후안 카를로스 몰리나는 지금까지는 자신이 서브 코치 역할이었지만 앞으로는 책임이 막중하다고 말했다.

후안 카를로스 몰리나가 은퇴를 발표한 그 주말에 나는 조 노우치 씨와 다가미 씨를 집으로 초대해 남은 포르치니 버섯으로 리소토와 파스타를 만들어 대접했다. 스포츠 소식은 한 마디도 입에 담지 않고 여름이 해마다 더워지고 있는 반면에 겨울은 빨리 찾아온다는 이야기를 시름없이 나누었다.

충동적으로 잔뜩 구입한 포르치니 버섯은 아직도 많이 남아 있다. 겨울이 돌아오면 피겨스케이트나 보면서 먹어야겠다.

어쨌든 집으로 돌아갑니다

좁은 비품창고 깊숙이 있는 사물함에 스쿠터용 비옷이 걸려 있었다. 오니키리 말이 맞았다. 하라는 사물함 문을 열 때 흩날린 먼지 때문에 콜록대면서 손가락으로 비옷을 잡아 끄집어내고 창문 너머로 점점 거세지는 빗줄기를 잠시 바라보았다. 오늘 아침 출근할 때만 해도 부슬비였는데 점심때가 지나자 빗발이 굵어졌고 지금은 호우라고 해도 될 정도로 날씨가 변해 있었다. 호우경보도 발령되어 처리할 일이 없는 사원 중에는 점심때부터 조퇴하는 사람도 있었다.

  그나저나 어째서 내가 이런 일까지. 아무리 내가 사무실 비품 관리자라지만 이런 날은 필요한 물건이 있으면 직접 찾아야 하지 않나? 영업부 1년 후배 오니키리는 퇴근길에 간척지 반대편에 위치한 회사에 물품을 가져다줘야 하는데 사무실에 두꺼운 스쿠터용 비옷이 있는 게 생각났다고 한다. 그렇지만 하라에게도 고유의 업무가 있다. 대중교통이 끊기기 전에 귀가하라는 지시가 본사에서 내려온 데다 월요일까지 넘길 일도 남아 있는 이런 금요일에, 이따위 일이나 시키다니, 그 자식.

입술을 악물고 눈썹을 찌푸려 최대한 퉁명스러운 표정으로 사무실로 돌아갔다. 접객용 카운터에 비닐로 싼 종이봉투를 내려놓은 오니키리는 우두커니 서서 하라가 비품창고에서 나오기를 기다리고 있었다. 석상 같은 그 꼬락서니도 괜히 짜증스럽다. 사무실에는 1년 선배인 영업부 이시이 씨와 중도 채용으로 들어와 이제 입사 11개월인 지카가 남아 있었다. 사무실이 있는 간척지에서 다리를 건너 외근을 나갔던 사원들은 바로 퇴근하겠다고 줄줄이 연락해왔다. 그러면서 전철도 멈출 듯하고 차도 막히니 하라 씨도 나머지 사람들도 빨리 돌아가라는 말을 전했다. 그러지 않아도 곧 퇴근할 작정이었던 하라는 오니키리의 부탁에 애를 먹어 짜증이 났다. 사무실에 남은 사람 중 이시이 씨는 꼭 마무리 짓고 싶은 일이 있다고 하고, 지카는 이유는 모르겠지만 왠지 여태 책상을 정리하거나 손톱을 살펴보고 있다. 어쩌면 애인이나 누가 마중 오기를 기다리는 건지도 모른다.

아주 깊숙한 사물함에 처박혀 있던데 용케 이런 게 있는 줄 알았네, 라고 말하며 가급적 사나운 몸짓으로 부스럭거리는 비옷을 오니키리에게 건넸다. 죄송합니다, 하고 오니키리가 비옷을 받았다.

"제가 찾으면 되레 어지럽힐 테니 하라 선배가 봐주시는 게 나을 것 같아서요."

"평소 사람들이 안 쓰는 물건이 어디 있는지 난들 어떻게 알아? 스쿠터용 비옷이라니, 우리 회사에 스쿠터 타고 다니는 사람이 어디 있다고."

번거롭게 해서 죄송합니다, 하고 오니키리는 꾸벅 고개를 숙이더니 그럼 조심해서 돌아가세요, 라는 말을 남기고 사무실을 떠났다. 하라는 팔짱을 끼고 오니키리의 커다란 등을 지켜보다가 제자리로 돌아와 스크린세이버가 켜진 컴퓨터를 바라보았다.

오늘은 그만할까? 단골 거래처에 화요일 아침 일찍 납품받아야 할 부품의 품목을 조금 변경해달라고 메일을 쓰는 중인데, 집에 돌아갈지 말지 고민하느라 계산이 좀처럼 되지 않는다. 쓰던 메일을 한참 되읽어본 끝에 오늘 밤에 보내도 문제없다고 판단한 하라는 아아, 하고 기지개를 펴고 한숨을 토해내면서 얼른 컴퓨터 전원을 꺼버렸다. 대각선 앞쪽 책상에 앉은 이시이 씨가 넥타이를 조금 풀면서 물었다.

"하라 씨, 갈 거야?"

"역시 가야겠어요. 이대로 전철이 다닐지 안 다닐지 고민 해봤자 일도 손에 안 잡히고. 토요일이지만 상대방은 내일도 출근하니까 집에 가서 밤에 메일을 보내도 괜찮겠죠. 지카도 빨리 돌아가지그래?"

지카를 돌아보자 늘 그렇듯 예쁜 자줏빛 매니큐어를 바른 손톱을 보면서 예에, 하고 대답했다. 무슨 생각을 하는지 통 모를 아이다. 예에, 라고 대답했으면서 하라가 탈의실로 가도 따라올 낌새가 없다. 하지만 함께 돌아가지 않는다면 그건 그것대로 다행이다. 비 내리는 귀갓길에는 사람들과 어울리 고 싶지 않다. 하라는 굳이 따지자면 비를 좋아하는 편이라, 간척지와 육지 쪽 전철역 사이를 연결하는 셔틀버스 유리창 을 쉴 새 없이 때리는 빗방울을 가만히 바라보며 귀로에 오 르는 게 좋았다.

사물함을 열자 집에서 가져와 넣어두었던 장화가 눈에 들 어온다. 하늘색과 남색 체크무늬가 들어간 신상품으로, 바로 지난 주말에 산 것이다. 이번 주는 날이 계속 맑아 모처럼 산 장화를 자랑할 일이 없어 아쉽던 차에 오늘 마침내 활약해줄 것 같아 하라는 마음이 조금 들떴다.

그럼 먼저 가보겠습니다, 하고 사무실을 지나 현관으로 향했다. 지카의 머릿속을 헤아리는 건 헛수고겠지만 이시이 씨는 어쩔 작정일까? 이 회사에서 그날그날 업무 상황에 따라 직원들이 교통수단을 바꾸는 건 흔한 일이라 그가 오늘 버스를 타고 왔는지 차를 가져왔는지 하라는 알 길이 없다.

건물을 나선 하라는 옆 빌딩에서 나온 회사원들과 같은 방향으로 걸어갔다. 하라와 비슷한 나이의 남자 두 명은 곧 주차장이 있는 쪽으로 방향을 틀었다.

"아무래도 지금 돌아가자니 좀 고민되는데."

"왜?"

"그야, 두어 시간 지나면 빗줄기도 누그러질지 모르잖아. 이제 막 쏟아부을 거라는데 이럴 때 굳이 가야 하나 싶어서."

"하지만 전철도 멈췄다잖아. 역시 빨리 돌아가는 게 나아."

"그 말도 맞긴 한데. 회사에 남아 있는 녀석들이 결과적으로 쾌적하게 돌아가면 왠지 싫잖아."

둘 중 하나는 내키지 않는 듯했지만 결국 주차장 안으로 들어갔다. 하라는 우산을 때리는 굵은 빗소리를 들으며 그들의 대화를 조금 곱씹었다. 빗소리는 팝콘이 전자레인지 속에서 터지는 소리와 흡사하다. 사실 일상에서는 전자레인지로 팝콘을 만들 기회보다 비가 내리는 횟수가 훨씬 많을 텐데,

어째서인지 하라는 그런 식으로 생각했다.

움푹 꺼진 인도에 벌써 물이 고이기 시작했다. 장화를 신고 온 보람은 있었지만 하라는 어쩐지 주차장으로 들어간 두 사람의 대화가 계속 마음에 걸렸다.

확실히 조만간 그칠 비라면 일단 퇴근 시각까지 일을 한 다음 사무실에서 시간을 때우다 가도 되는데. 셔틀버스는 아홉시까지 다니니까.

하라는 인도 가장자리로 느릿느릿 걸어가며 자신과 마찬가지로 버스 정류장을 향해 걸음을 서두르는 사람들을 쳐다보았다. 버스는 미어터지겠지. 느긋하게 창문을 바라보기는커녕 축축하게 젖은 사람들의 불쾌한 냄새가 가득한 차 안에서 시루 속 콩나물 신세가 될 가능성이 크다. 버스를 타는 시간은 기껏해야 10분 남짓이지만 그 짧은 시간이라도 가급적 쾌적하게 돌아가고 싶다는 생각이 고개를 들었다.

결정적으로 하라는 반 년 전 통신판매 회사에서 보내준 고급 구호식량의 존재를 기억해냈다. 비품 관리자가 가진 특권 중 하나는 사무용품을 온라인으로 주문하고 쌓인 포인트를 어떻게 쓸지 마음대로 정할 수 있다는 점이다. 당시 하라는 포인트 교환 물품 카탈로그를 보면서 한 시간 가까이 고민한 끝에 고급 구호식량 3인×3일 치 세트를 주문했다. 세트 구성은 고기감자조림, 레몬고구마조림, 우엉조림, 쌀, 생수 등으로, 하라는 특히 고기감자조림의 맛이 너무 궁금했다. 구호식량 세트가 배달되었을 때는 이제 무슨 일이 일어나도 괜찮다고 들떠 있었다. 그렇지만 곰곰이 생각해보니 당장 먹을 수 있는 음식이 아니라서 어째서 구호식량을 샀을까, 바움쿠헨이나 쿠키 세트를 샀더라면 좋았을 텐데, 하는 후회가 차츰 밀려들었고 구호식량 세트는 실패한 주문으로 비품창고 깊숙이 처박아버렸다.

그런데 바로 지금이 그 고기감자조림을 먹을 기회 아닌가! 하라는 걸음을 멈추었다. 방금 전 들었던 옆 빌딩 회사원들의 대화가 머릿속에서 재생되었다. 정신을 차리고 보니 하라는 어느새 방향을 틀어 방금 빠져나온 사무실로 걸어가고 있었다. 고기감자조림에 머릿속 절반을 지배당하면서.

가능하다면 혼자 남고 싶지만 지금 남아 있는 두 사람은 다른 사람 일에 크게 간섭하는 타입이 아니므로 다른 방에 가 있으면 될 것이다. 퇴근 시간까지 일단 일을 좀 하고 차를 끓여 느긋하게 책이라도 보다가 구호식량을 먹고 비가 조금 잦아들기를 기다리자. 하라는 그런 생각을 하며 빌딩 뒷문 출입 패스워드를 눌렀다.

사무실이 있는 2층으로 올라가자 복도는 환했지만 사무실

안은 캄캄했다. 하라는 전기 스위치를 찾아 더듬거리며 이시이 씨, 지카, 하고 동료들의 이름을 불렀다. 둘 다 돌아갔나? 하지만 그렇다면 패스워드만 눌러 이 건물에 들어올 수 없다. 하라가 근무하는 사무실이 입주해 있는 건물은 회사마다 패스워드가 정해져 있고, 각 회사는 일단 문을 닫으면 열쇠가 있어야만 들어갈 수 있다. 겨우 전기 스위치를 찾아낸 하라는 대충 아무것이나 눌렀다. 형광등 몇 개가 켜지기까지 걸리는 시간이 묘하게 길게 느껴졌다.

멀뚱히 서 있는데 사무실 안쪽 비품창고에서 희미한 사람 목소리가 들려왔다. 하라는 살금살금 그쪽으로 다가가 문에 귀를 살짝 갖다 댔다. 이시이 씨와 지카의 목소리였다. 소리가 귀에 똑똑히 들어온 순간, 하라는 온몸의 핏기가 가시는 것 같았다. 초봄에 자주 들리는 발정 난 고양이 울음소리처럼, 듣는 사람을 순식간에 민망하게 만드는 남녀의 뒤엉킨 목소리였다.

바로 문에서 떨어진 하라는 떨리는 손으로 토트백을 주섬주섬 뒤져 스마트폰을 꺼내고 이어폰을 꽂았다. 겨우 그 정도의 동작에도 엄청나게 오랜 시간이 걸린 기분이었다.

간신히 이어폰을 귀에 꽂고 스마트폰의 음악 앱을 켜자 아침에 듣던 프란츠 퍼디낸드의 첫 번째 앨범이 재생되었다.

마음을 진정시키려고 소 이프 유 론리, 하고 흥얼거리며 현관으로 가서 우산꽂이에 꽂아두었던 우산을 힘껏 잡아 뺐다. 음악을 들으며 노래할 때 하라는 대개 보컬리스트를 흉내 내며 노래를 부르는데, 오늘은 왠지 특히나 닮았던 것 같다. 이 보컬 모리 신이치*랑 목소리가 비슷해, 라던 친구의 말이 어째선지 선명하게 떠올랐다.

하라는 솜 위를 걷는 기분으로 멍하니 복도를 지나 문을 열면서 자동우산의 버튼을 눌렀다. 이어폰 너머로 우산이 퉁, 펴지는 소리가 유난히 크게 들렸다. 아까 회사를 나설 때는 우산을 쓴다는 사실조차 의식하지 못했는데.

컴퓨터를 빠짐없이 살펴보았다. 깜빡 잊고 모니터 전원을 켜둔 채 퇴근하는 녀석이 꼭 한 명쯤 있다. 다른 사람들도 사무실을 나갈 때 서로의 컴퓨터를 봐주기 때문에 이런 날에도 마지막 점검은 꼼꼼히 해야 한다. 후배의 차는 버스로 통근하는 여직원들을 태웠더니 꽉 차버렸다. 계장님은 안 타세요?

*허스키한 음성이 특징인 일본의 가수.

몇 번이나 묻는 팀원들에게 사카키는 괜찮다고 대답했다.

비가 이 기세로 계속 내리면 셔틀버스도 안 다닐지 몰라. 그런 말이 나온 게 점심시간이 막 끝났을 때였다. 시영 버스 홈페이지와 교통 정보를 수시로 확인하던 부하 직원 하나가 사카키의 사무실이 있는 간척지와 육지를 잇는 다리 위에서 추돌 사고가 발생했다는 소식을 알렸다. 그러자 그 말을 들은 누군가가 그럼 길이 막히겠네, 라고 예상했다. 셔틀버스가 교통 정체로 인해 발이 묶이면…… 이라는 추론을 통해서였다. 간척지를 관리하는 제3섹터 산하에 있는 셔틀버스 회사는 간척지에서 일하는 사람들에게 무료로 서비스를 제공하는 탓인지 심각하게 늦게 도착하거나 아무 안내도 없이 빈번히 운행 시간을 바꾸는 만행을 태연히 저지른다. 부하 직원들은 놈들이라면 '호우로 운행 정지'쯤이야 하고도 남지 않을까요, 라고 추측했다. 비가 내리면 전철이 먼저 멈추니까 그 공백을 보완하는 게 버스 아닙니까, 라고 누군가가 반박하자 다른 직원이 그 버스 회사만큼은 예외, 라고 대답했다. 전철이 멈추면 육지 쪽에서도 버스가 필요할 테니 셔틀버스 회사가 이쪽 사람들을 버리고 그쪽에 차를 내줄지도 모르겠네, 라는 의견이 나오자 부하 직원들은 입을 다물었다.

그런 이유로 그날 낮 한시 반부터 세시 반까지 두 시간 동안 팀원 모두가 미친 듯이 일에 몰두했다. 어쨌든 그대로 월요일을 맞이해도 아무 문제 없도록 작업을 처리해놓고 사카키는 직원들에게 귀가를 허락했다. 월요일 일찍 거래처에 반드시 보내야 할 문서를 좀처럼 끝내지 못하는 부하 직원이 있어 사카키는 대신 일을 처리해주겠노라 말했다. 직원은 눈물이 그렁거리는 눈으로 괜찮습니다, 오늘 회사에서 자도 상관없습니다, 라고 사양했지만 사카키는 부하 직원들을 모두 무사히 집으로 돌려보내는 것이 상사의 의무라고 고집스레 주장했다.

사카키는 부하 직원들에게 무리하게 일을 시킬 때도 있다. 만일 오늘 무사히 집에 돌려보내는 것으로 그 억지를 차감할 수 있다면 괜찮은 장사다.

컴퓨터를 모두 확인하고 에어컨도 전부 끄고 층 전체의 보안 패널을 확인하려고 종종걸음으로 사무실을 가로지르는데 직원 하나가 회사 전화로 연락을 해왔다. "지금 다리에 와 있는데 역시나 길이 꽉 막혀 있어요. 정말 버스가 끊길지도 몰라요. 전철도 멈췄다고 하니 서두르세요." 사카키는 알았어, 알았어, 하고 건성으로 대답한 뒤 전화를 끊으며 보안 패널을 보았다. 초록색 램프가 들어오지 않은 곳이 딱 한 군데 있었다. 왜지? 패닉에 빠질 뻔했다. 살펴보니 그 층 구석에 있는 화장실 창문이 제대로 잠기지 않은 듯했다. 사카키는 부하와 이야기하던 차분한 모습이 거짓말이었던 것처럼 어느 놈이야! 하고 버럭 소리를 지르며 복도로 뛰쳐나갔다.

잘 생각해보니 창문을 연 사람은 바로 자신이었다. 헤어진 아내에게 내일 일정을 물으려고 그 화장실에 갔던 것이다. 그곳에서 휴대전화가 가장 잘 터지기 때문이다. 헤어진 아내와 연락할 때 통화가 뚝뚝 끊기거나 통화감이 멀어서는 안 된다. 그런 실수는 용납되지 않는다. 화장실로 달려가 창문을 닫고 힘껏 걸쇠를 잠근 사카키는 달려왔을 때와 똑같은 기세로 돌아가, 사무실 불을 끄고 가방을 옆구리에 끼고 엘리베이터 홀로 달려갔다. 그러고는 아무 소용도 없는 줄 알면서 '↓' 단추를 짜증스럽게 마구 눌러댔다.

어째서 나는 반사적으로 마지막까지 남는 길을 선택해버렸을까? 그렇게 일이 소중한가? 그게 몸에 배었나? 그런 사람이라 이혼당한 건가? 그래서 아들을 보내주어야 했나?

내일은 아들 요시히로를 만나러 가는 날이다. 헤어진 아내는 아홉시까지 고속열차 개표구로 오라고 했다. 사카키 쪽에서는 새벽 첫차를 타도 아슬아슬한 시간이다. 심술을 부리는 것이다. 알고 있다. 하지만 결정권은 헤어진 아내에게 있다. 5분이라도 늦으면 못 만나게 한다. 전에 한 번 그런 적이 있었다. 당신 때문에 1초라도 시간 낭비하기 싫어, 그녀는 그렇게 말했다. 이기적이라는 건 알아, 하지만 사람 마음이라는 게 그럴 수도 있잖아? 헤어진 남자와 여자가 다 그런 법 아니야? 사카키는 고개를 끄덕일 수밖에 없었다. 부부였을 때보다 이혼한 뒤에 아내의 지배력이 더 크게 느껴지는 이유가 뭘까? 그것은 아마도 아들을 만날 수 있는 모든 권한을 헤어진 아내가 쥐고 있기 때문이리라. 재혼을 앞두고 그녀는 더욱 잔혹해졌다. 새 아빠에게 빨리 적응해야 하니 당신하고는 이제 그만 만나게 해도 되지? 그런 말까지 들었다. 되기는 뭐가 돼, 사카키는 눈물을 머금고 반박했다.

사카키는 겨우 올라탄 엘리베이터 안에서 발을 동동 구르다가 문이 열리자마자 빌딩 밖으로 뛰쳐나갔다. 버스가 시간표대로 온다면 몇 분 뒤에 다음 버스가 정류장에 도착할 것이다. 빗줄기는 아침 출근 때보다 거셌다. 바짓단이 순식간에 젖었지만 아무래도 상관없었다. 타일이 깔린 인도는 방심하면 바로 미끄러질 듯해, 그냥 아스팔트를 깔지 이런 데 헛돈을 들이다니, 하고 욕지거리를 하며 허벅지가 땅길 정도로 발바닥에 힘을 주고 달렸다. 마주치는 사람도 같은 인도를 걷는 사람도 없다. 내가 그렇게 늦게 나왔나, 사카키는 괜히 억울했다. 비를 막아주는 우산도 거치적거려 그냥 내던져

버리고 싶던 찰나 엉금엉금 기어오는 셔틀버스가 보였다. 옆을 지날 때 들여다보니 버스 안은 시커먼 게, 딱 보기에도 콩나물시루 같았다.

시계를 보니 도착 예정 시간보다 1분 빨랐다. 느릿느릿 기어가는 버스의 꼬리를 노려보며 정류장으로 향했다. 버스 시간표 위에 종이가 붙어 있었다.

'호우로 인한 열차 정지 및 도로 정체로 운행 시간을 예측할 수 없으므로 이 시각 이후 차편의 운행 시각은 불확실합니다. (운휴 가능성도 있음)'

이 버스 회사치고는 정중한 설명이지만 그래서 어쩌란 말인가? 한 번 훑어본 것만으로는 상황을 이해하지 못한 사카키는 몇 번이나 되읽고 나서야 어깨를 늘어뜨리고 방금 왔던 길을 되돌아갔다.

그놈들, 승객을 우습게 안다니까. 그렇게 말하던 부하 직원의 목소리가 머릿속을 스쳤다. 최악의 경우에도 걸어서 돌아가면 그만이잖아, 어차피 너희는 돈도 안 내니까, 그렇게 보는 구석이 있지. 다른 부하 직원도 말했다. 간척지와 육지를 잇는 다리는 사이클링 로드로도 유명해, 꼭 버스나 자동차로만 오갈 수 있는 건 아니다. 실제로 사카키도 딱 한 번, 산책 겸 회사에서 육지 쪽 전철역까지 걸어서 돌아가본 적이 있다.

30분쯤 걸렸다. 그때는 날이 좋아 그럭저럭 즐거웠지만 한 달에 한 번씩 그렇게 하라면 그러고 싶지는 않은, 바다와 공장과 창고밖에 보이지 않는 단조로운 길이었다.

빗줄기가 자꾸 거세지는 지금은 그때와 상황이 완전히 다르다. 하지만 사카키는 다리 쪽으로 걸어갔다. 회사로 돌아갈 마음은 없었다. 오늘은 반드시 돌아가야만 한다. 내일 아들을 만나기 위해. 집으로 선물을 배달시켜놓았다. 스타워즈 팝업 아트북이다. 건전지를 넣으면 광선검도 번쩍거린다. 어제는 건전지를 넣어 제대로 작동하는지 확인했다. 그러니 회사에서 자고 아침에 바로 출발할 수는 없다. 책을 펼친 아들의 웃는 얼굴이 보고 싶다. 그 웃음만 있으면 다시 만날 때까지 몇 주를 버틸 수 있다.

빗물 때문에 양복에 흉물스러운 물방울무늬가 찍혔다. 다리 초입에 있는 편의점에서 비옷을 사야겠다. 우산을 때리는 빗방울은 굵은 알사탕이 떨어지듯 점점 묵직해졌다. 요시히로에게 이 이야기를 해줘야겠다. 사카키는 머릿속으로 아들에게 할 말을 상상했다.

"아빠가 어제 비를 맞으면서 집에 돌아왔는데, 비가 정말 사탕처럼 묵직하더라…… 재미없니?"

그러니까 이혼한 거야, 하고 헤어진 아내의 조소가 들려오는 듯했다.

❀

잔뜩 지친 몰골로 버스 정류장 쪽에서 걸어온 사람이 하라
의 옆을 스쳐 지나갔다. 보는 사람의 마음이 덜컥 내려앉을
정도로 낙담한 그 모습에 무심코 걸음을 늦춘 하라는 이어폰
을 빼고 가만히 그를 바라보았다. 유심히 보니 아침에 가끔
같은 셔틀버스를 타는 회사원이었다. 보통은 늘 지친 모습으
로 멍하게 있는 경우가 많은데 딱 한 번, 서 있던 하라가 그
만 우산으로 앉아 있던 그의 발등을 찍었을 때 아니, 아니, 신
경 쓰지 마세요, 하고 배려해주었던 기억이 났다. 그때는 괜
찮은 사람 같았는데, 지금은 마치 역귀처럼 보인다. 불길한
예감이 든다. 불러 세워서 정류장에서 무엇을 보았는지 물어
볼 수도 있겠지만 역시 제 눈으로 직접 확인하고 싶다.

정류장에 붙은 안내문을 보자 하라 또한 방금 전 그 회사
원처럼 어깨가 축 늘어졌다. 내용도 그렇거니와 지저분한 글
씨로 휘갈겨 쓴 안내문에 화가 났다. 이걸 쓴 버스 회사 인간
은 분명, 그동안 공짜로 탄 건데 뭐, 별수 있나, 하고 옆자리
동료와 수다를 떨었을 것이다. 하라는 괜히 주먹을 불끈 쥐고

방향을 틀었다. 이리된 이상 걸어서 간척지를 벗어나는 수밖에 없다. 역까지 걸어서 가본 적은 몇 번 있으니 큰 거부감은 없었지만, 이렇게 비가 오는 날은 역시 싫다. 다시 음악을 들을 마음도 안 들고 자꾸 짜증만 났다.

그러고 보니 오늘은 아침부터 간척지 체육관에서 커다란 행사가 있었다. 어느 대기업에서 퇴직자를 위해 개최한 탁구 대회였다. 참가도 할 수 없거니와 관심도 없어 신경도 안 썼는데, 그 참가자들이 한꺼번에 귀가한다면, 그리고 간척지에서 일하는 관계자들이 일제히 차를 끌고 이곳에서 탈출하려 한다면 다리에서 극심한 체증이 빚어질 터였다. 셔틀버스는 그 정체에 휘말린 것이리라. 얼간이, 얼간이들. 하라는 작은 물웅덩이를 걷어차다가 새로 산 장화를 신었다는 걸 깨닫고 자중하자고 스스로를 타일렀다. 아침에 출근할 때도 그 대회에 가는 커다란 단체 버스를 여러 대 보았고, 다리에서 길도 조금 막혔다. 흔한 일이지만 하필 이런 날에! 하고 하라는 고래고래 소리를 지르고 싶었다.

집이건 직장이건 실내에 있을 때 내리는 비는 좋아하지만 밖에 있을 때 내리는 비는 싫다. 우산도 들고 다니기 귀찮다. 지금 이곳에서 나쁘지 않은 것은 장화뿐이었다. 서서히 드리우기 시작한 어스름에 하늘색과 남색의 깜찍한 체크무늬가 묻혀버리는 게 아무래도 아쉬웠다. 그렇게 조금 서글픈 장화였지만, 물의 침투로부터 하라의 발을 확실하게 지켜주고 있어 발밑은 당연히 쾌적하고 따뜻했다.

세상에 과연 저렇게나 보관할 물건이 많은지 늘 의심스러운 커다란 창고, 양미역취가 무성히 자란 공터, 아무리 봐도 바닥에 꽂힌 커다란 말뚝처럼 보이는 차가운 오피스 빌딩. 그 세 가지 사물만 지평선까지 이어지는 풍경 속을 걸어가며 새삼 하라는 주위에 아무도 없다는 사실을 깨달았다. 승용차는 물론 트럭까지 모조리 다리 너머로 건너간 것 같았다. 빗방울이 우산을 때리는 소리 외에 아무 소리도 들리지 않는 세상은 오히려 고요한 인상을 주었다. 오피스 빌딩과 창고 너머로 아련히 보이는 다리의 주탑을 향해 걸음을 재촉하던 하라는 서둘러봤자 갈 길은 멀다는 생각에 이윽고 토라진 아이처럼 속도를 한껏 떨어뜨렸다.

다리로 향하는 사카키의 여정은 순조로웠다. 인생 최고로 빠른 걸음을 유지하며 어떤 시련이 닥쳐도 좌절하지 않으리라는 확신을 갖고 걷고 또 걸었다. 다리 초입의 오피스 빌딩

1층에는 사카키가 자주 이용하는 편의점이 있다. 일단 거기에 들러 비옷을 살 생각이었다.

간척지 내에서 이동하는 사이에도 빗줄기는 계속 굵어져 바지가 무릎까지 푹 젖어버렸다. 비옷도 좋지만 그거 뭐였더라, 입는 게 있었는데. 사카키는 두리번거리며 자동문 앞 깔개를 밟았다.

비닐로 된 하의, 아예 양복바지를 벗어버리고 그걸로 갈아입고 싶다. 하지만 속옷 바람으로 그 투명 바지를 입었다가는 경찰이 변태로 오해하고 신분증을 내놓으라고 하겠지.

계산대에 있는 점원은 한 명뿐이었다. 이 편의점에서 자주 보았던, 학생인 듯한 젊은 남자다. 언어 예절은 조금 부족하지만 표정도 밝고 눈치도 그럭저럭 빨라 사카키는 그런대로 후한 점수를 주고 있었다.

우비 코너는 계산대 바로 옆 복사기 근처에 제법 널찍한 선반을 차지하고 있었다. 이 폭우 때문인지 비닐로 포장된 비옷 세 개뿐이고, 사카키가 속으로 '투명 바지'라고 불렀던 비닐 하의는 이미 동나고 없었다. 비닐우산도 손에 꼽을 만큼밖에 남아 있지 않았다.

"비, 괜찮으세요? 걸어서?"

말이 짧긴 하지만 점원은 나름대로 걱정스러운 얼굴을 하고 이쪽을 향해 고개를 숙였다. 사카키는 그래, 그래 하고 두루뭉술하게 끄덕였다.

"자네는 어쩌려고?"

"저는 스쿠터로 돌아가려고요. 아까 점장님이 더 있어봤자 헛수고니 빗줄기가 더 굵어지기 전에 돌아가라고 전화하셨어요."

"하지만 간척지에서 밤을 새우는 사람도 있을지 모르잖아. 그런 사람들에게는 여기가 얼마나 고마운 곳인데."

"괜히 부담 주지 마세요."

점원은 얼굴을 찌푸리며 고개를 설레설레 젓더니 즉석에서 복사용지에 세일 안내문을 쓰기 시작했다. 사카키는 L 사이즈 비옷을 하나 집어 계산대에 내밀었다. 포인트 카드는? 그렇게 묻기에 아아, 깜빡했네, 하고 지갑에서 카드를 꺼내 계산대에 얹었다. 다리 쪽에서 사고가 났다는데 뭐 좀 아는 게 있나? 그렇게 묻자 점원은 알고말고요, 하고 자신 있게 고개를 끄덕였다.

"아까 순경으로 보이는 사람들이 음료수를 사러 와서 그 얘길 하더라고요. 제법 여럿 출동한 것 같았는데. 은근히 태평해 보였으니 그리 심각한 사고는 아닌 듯해요. 아, 여기 따뜻한 음식은 좀 어떠세요? 반값에 드릴게요."

점원이 닭튀김과 크로켓, 감자튀김이 진열된 케이스를 가리켰지만 사카키는 고개를 저으며 괜찮아, 다음에, 라고 말하고 그 자리에서 포장을 뜯고 비옷을 입었다.

조심히 가세요, 하는 심드렁한 성원을 뒤로하고 편의점을 나서는데, 들어갈 때는 보지 못했던 까까머리 소년이 처마 밑에서 비를 피하고 있었다. 소년은 심각한 얼굴로 접힌 우산의 살을 움켜쥐고 씨름하는 중이었다. 사카키는 그 모습을 곁눈질로 보면서 커다란 우산을 활짝 펴고, 단추를 전부 잠근 비옷의 따스함을 새삼 느끼며 편의점이 있는 오피스 빌딩 부지를 나섰다. 그대로 다리로 걸어가려는데 너무나 서툰 솜씨로 우산을 고치려는 아이가 마음에 걸려 결국 돌아가고 말았다.

"이리 줘봐."

그렇게 말을 걸자 아이는 의심스러운 표정으로 눈썹을 찌푸렸지만 조금 고민하더니 마지못한 기색으로 사카키에게 우산을 건넸다. 약해빠진 싸구려 비닐우산이었다. 일단 펼쳐보니 비닐이 벗겨지거나 살이 구부러진 것 같은 간단한 문제가 아니었다. 살이 몇 개 꺾여 있었고, 못 쓸 정도는 아니지만 원래 면적의 절반 정도밖에 비를 막아주지 못했다.

"심각하네."

"집에서 버스 정류장까지 자전거를 타고 가는데." 초등학교 고학년 정도로 보이는 소년은 빡빡머리라고 해도 될 만큼 짧은 머리를 긁적거리며 어깨를 움츠렸다. "올 때 서두르는 바람에 우산을 펼친 채로 안장 뒤에 꽂아뒀더니 그만 어디에 걸렸나봐."

간척지에는 창고와 작은 사무실이 대부분이지만 학원도 있다. 다른 지방에서 진출한 신흥 세력이 간척지의 커다란 빌딩 세 개 층을 빌려 차린 그 학원은, 이미 많은 학원들이 자리싸움을 벌이고 있는 다리 건너편 도시에서의 경쟁을 피하고, 학생들을 보다 광범위하게 받아들이기 위해 전용 버스를 제공한다. 건물 임대료 문제도 고려했을 것이다. 그만큼 이 간척지의 건물은 임대료가 싸다.

그나저나 이 아이는 왜 여기 있는 걸까? 이런 날에는 좀 빨리 집에 보내줘야 하지 않나? 다른 아이들은 어쩌고? 사카키의 머릿속은 질문으로 가득 찼다.

"우산, 아직 몇 개 남아 있던데."

사카키가 편의점 안을 가리키자 소년은 입을 비죽거리며 괜찮아, 이걸 쓰고 다리를 건너서 돌아갈 거야, 하고 몸을 흔들며 익살스럽게 말했다.

"이 우산으로는 안 돼. 감기에 걸릴 거야."

"괜찮다니까. 아까 영양 드링크를 마셔서 기운은 넘쳐. 그럼, 고마웠습니다."

겸손하게 인사하고는 떠나려 하기에 사카키는 무심코 소년의 팔을 붙잡고 우산을 사주겠다고 말하고 말았다.

잠깐만 기다려, 하고 입을 벌린 채 멍청히 서 있는 아이를 두고 다시 편의점으로 들어가 몇 개 남아 있는 우산 중에서 큼직한 녀석을 샀다. 점원은 이번에도 포인트 카드를 달라고 했고, 가게 밖으로 나갈 때는 조심히 가세요, 하고 늘어진 목소리로 인사를 했다. 우산을 내밀자 아이는 눈을 동그랗게 뜨고 딱딱한 목소리로 고맙습니다, 하고 인사했다. 예의범절 교육은 제대로 받은 모양이다.

우산을 사준 건 좋지만 이대로 이 아이와 동행하자니 좀 이상할 것 같았다. 그렇다고 그럼 이만, 하고 떠나버리는 것도 무책임한 듯해 고민하고 있는데, 아이는 재빨리 우산을 펴고 다리 쪽을 가리키며 빨리 가지 않으면 비가 더 거세질 거야, 라고 똑 부러지게 말하고는 냉큼 발을 내디뎠다. 그 모습이 너무나 자연스러워 사카키는 예예, 하고 그 말에 따르듯 빌딩가를 뒤로했다.

편의점 처마 밖으로 한 걸음 나가자 비가 우산에 투두둑 떨어지는 소리가 났다. 기분 탓인지 들어오기 전보다 소리가 더 커진 듯했다. 저녁 무렵의 호우가 시야를 뿌옇게 가려서 주변 건물이 거무죽죽했다. 모든 것이 한 덩어리로 이어진 커다란 벽처럼 보였다. 사카키는 눈을 가늘게 떴다. 편의점에 있는 동안 무릎 아래쪽의 한기는 조금 가셨지만 쏟아지는 비와 구두에서 튕기는 비가 다시 스며들어 사카키는 몸을 부르르 떨었다.

"다리 쪽에서 사고가 났다던데."

빗소리가 시끄러워서 자연히 목소리가 커졌다.

"나도 들었어, 연쇄 추돌 사고라던데. 담에 걸린 사람이 한 명 있다던데. 담이 혹시 그거야? 목이 안 돌아가는 그거?"

"맞아." 담이 뭔지 모르다니 역시 아이는 아이다. "순경 아저씨가 알려줬니?"

이상하게 앳된 말투로 묻게 되는 건 이 아이가 남자아이고, 왠지 아들 녀석과 비슷한 구석을 느꼈기 때문이리라.

"그냥 주워들은 얘기야. 다리 쪽은 그냥 막히는 정도가 아닐지도 모르니 미리 각오하는 게 좋을지도 몰라."

아이는 까까머리를 손바닥으로 문지르며 씩 웃었다. 빗속을 걸어서 집으로 돌아가야 하는 상황을 다소 즐기는 듯했다. 동시에 말투에서 어떤 총명함이 느껴졌다.

편의점에서 다리까지는 완만한 비탈길이다. 다리는 6차선

도로 규모에 중앙선을 따라 낮은 철책이 있고, 간척지에서 육지로 가는 상행 차선 쪽에 인도가 있다.

"걸어서 돌아가는 건 처음이니?"

"아니, 몇 번 가봤어. 친구랑 떠들면서 가면 금방이야."

"오늘은 어쩌다가 혼자야?"

"버스 시간 직전까지 자습실에서 공부하고 있었는데, 건물 밖 자판기에 음료수를 사러 간 사이에 버스가 떠났지 뭐야."

"학원 버스 운전기사가 모두 제대로 탔는지 확인 안 해?"

"누가 그런 걸 확인해?"

아이는 피식 웃었다.

"매달 학원비를 받아가면서 꽤 무책임하네."

"세상이 다 그런 법이지." 아이는 묘하게 달관한 투로 어깨를 으쓱하더니 다리로 이어지는 비탈을 가리켰다. "저기 봐, 왠지 도로가 강 같아."

타일로 포장된 인도 위로 빗물이 줄줄 흐르고 있다. 사카키는 그 광경을 보면서 최근 텔레비전에서 본, 점균의 움직임을 빨리 돌린 영상을 떠올렸다. 비가 바닥을 뒤덮고 간척지를 침략하려 하고 있다. 빗속에 뿌옇게 떠 있는 눈앞의 다리가 정말 그가 돌아가야 할 곳으로 이어져 있는지조차 의심스럽다. 이 다리는 사실 언어가 통하지 않는 곳으로 이어져 있고, 중간쯤에서 죽은 자가 공격해올지도 모른다. 사카키의 사고는 한순간 터무니없이 흘러갔다.

다리 가장자리의 인도로 올라가는데 앞쪽에서 비옷을 입고 헬멧을 쓴 경찰 같은 젊은 남자가 유도등으로 보이는 조명을 흔들며 종종걸음으로 다가왔다.

"통행금지입니다. 여기서부터 통행금지입니다."

아이는 거봐, 하고 웃음기 가득한 목소리로 중얼거렸다.

"이유가 뭡니까? 자동차 사고 때문입니까? 인도는 상관없잖아요?"

사카키는 일단 따지고 들었다. 이 비상시에도 자기 일만 편하자고 드는 놈들은 질색이다.

"연쇄 추돌 사고 때문에 자동차가 인도까지 올라와 있어요. 견인하려면 아직 40분은 더 걸릴 겁니다. 기다리지 않으면 어쩔 테냐, 이런 식이죠."

이런 식이긴 뭐가 이런 식이야? 사카키는 따지고 싶었지만 이 빗속에서 불평으로 괜히 에너지를 소비해봤자 헛수고니 꾹 참았다.

"40분이면 다리 건너편에 있는 제일 가까운 역까지 가는 것보다 오래 걸리네."

아이는 어른스럽게 턱을 어루만지며 생각에 잠겼다.

"대안 코스로 북쪽 다리를 안내해드리고 있습니다. 건너가면 바로 시영 버스 정류장이 있으니 거기서 버스를 타고 돌아가시면 어떨까요? 근처에 민영 전철도 다닙니다."

"전철도 멈춘 것 아닙니까?"

마치 제품을 설명하는 가게 점원 같은 태도가 묘하게 마음에 들지 않아 냉큼 반박하자 경찰은 손가락이라도 좌우로 흔들 기세로 헬멧 속에서 이를 씩 드러내며 웃었다.

"한 시간만 있으면 다닐 것 같답니다. 비가 더 심해지지만 않으면요. 그리고 시내버스 회사의 협조를 얻어 승객들을 나르고 있는데, 이곳 간척지 산하의 버스도 몇 대 협력하고 있다고 들었습니다."

그쪽에 붙었단 말이야! 사카키는 고함을 버럭 지르고 싶었다. 간척지의 버스 회사는 무료로 태워야 하는 이곳 근무자들보다 몇 푼이나마 받을 수 있는 민영 전철 쪽 일을 우선한 것이다. 분통이 터진다.

"그게 무슨 소립니까? 도로 정체로 운행을 멈춘 줄 알았더니, 이쪽 승객은 내팽개치고 민영 전철 쪽에 협력하다니!"

"버스 회사의 내부 사정은 저희도 모릅니다."

경찰은 당장이라도 유도등으로 사카키와 소년을 내쫓고 싶다는 듯 귀찮은 기색을 드러냈다.

"하지만 그렇잖아요. 우리 회사가 이 간척지에 내고 있는 땅값에 버스 이용 요금도 들어 있는데!"

사카키가 거듭 따지자 경찰은 그런 말씀을 하셔도, 라며 얼굴을 찌푸리고 입을 다물었다. 아이는 여기에는 더 볼일 없잖아, 북쪽으로 가자, 하고 짜증스럽다는 듯이 비닐우산 너머로 사카키를 올려다보았다.

뭐, 다리를 건너갈 때쯤이면 전철도 다닐 겁니다, 아마도요, 하고 경찰은 온 길을 되돌아가는 사카키와 소년을 얼렀다. 화가 난 사카키는 이건 반드시 사장에게 말할 테야, 동료들에게도 말해야지, 이 간척지에서 일하는 사람들한테 다 말해줄 테야, 결심했어, 하고 중얼거렸다. 그러자 아이는 어쩔수 없잖아, 버스를 놓친 아저씨도 잘못이야, 하고 사카키를 타일렀다.

"정말 간발의 차이였단 말이야. 정류소 근처에서 마지막 버스하고 엇갈렸다니까."

"그 버스하고는 인연이 없었던 거야. 나도 자판기에 다녀온 사이에 버스가 가버렸지만 불평하지 않잖아. 아저씨도 힘내. 어른이잖아."

아이는 그렇게 말하며 사카키의 등을 철썩 때렸다. 참 묘한 아이다. 아이답게 긍정적인 것 이상으로 유난히 순응이 빠르다.

"넌 몇 학년이니? 이름은?"

남에게 너무 친한 척 굴기는 싫지만 다리를 건너 교통수단을 찾아낼 때까지 다소 긴 여정이 될 듯해, 기본적인 정보를 물어보았다.

"초등학교 5학년. 이름은 야마다 미쓰구. 아저씨는?"

"난 사카키. 서른다섯."

"이름까지 다 말해줘."

"게이스케야. 사카키 게이스케."

"왠지 딱딱한 이름이네. 사카키게이스케사카키게이스케사카키게."

미쓰구는 버릇인지 까까머리를 손바닥으로 문지르면서 사카키의 이름을 발음하다가 혀를 깨물고 말았다.

"헤어진 아내 이름은 가나코. 사카키 가나코였어."

"그쪽도 딱딱하네."

미쓰구는 하하하하하 하고 웃었지만 그 웃음은 우산에 떨어지는 빗소리에 섞여 조금 탁하게 들렸다. 비가 내리는 데다 해까지 구름 건너편으로 넘어가기 시작했는지, 주위가 서서히 어두워졌다.

꽃 모양 장식

다리 초입의 편의점 셔터가 절반쯤 내려와 있어 하라는 으으윽, 하고 신음하며 반사적으로 달려갔다. 하지만 곧 가게 안에서 어두운 은색으로 빛나는 커다란 사람 형체를 발견하고 그만 혀를 차면서 걸음을 멈추어버렸다. 아무래도 오니키리가 있는 듯했다. 하라가 찾아준 스쿠터용 비옷을 입어 평소보다 덩치가 더 커 보이는 오니키리가 계산대 앞에 서 있었다. 따뜻한 음식이 든 케이스 윗단과 아랫단을 가리키며 뭔가를 굼뜨게 주문하고 있다. 방향을 틀어야 할지, 이 짜증을 억누르고 안으로 들어가야 할지 주저하고 있는데 오니키리가 불쑥 이쪽을 돌아보았다. 눈이 마주친 듯해 움찔 놀랐지만 이제 와서 물러날 수도 없어 하라는 혀를 차면서 편의점 안으로 성큼성큼 들어갔다.

점원은 어서 오세요, 라고 말하며 계산대 위로 몸을 내밀어 오니키리가 가리키고 있던 케이스에서 '전 제품 반값'이라고 적힌 종이를 떼어냈다. 계산대 위에는 오니키리가 구입한 크로켓과 닭튀김, 감자튀김이 산더미처럼 쌓여 있었다. 이 자식, 싹쓸이하다니. 하라는 그중에 자기가 원하는 물건이 있는 것도 아닌데 눈살을 찌푸리고 음식과 오니키리를 번

갈아보았다.

"하라 선배, 여긴 웬일이세요? 버스 놓치셨어요?"

"그래, 어쩌다보니."

하라는 심드렁하게 어깨를 으쓱하고 그대로 우비 코너로 향했다. 우산은 몇 개 남아 있었지만 비옷은 딱 두 개뿐이었다.

"전 처음부터 걸어서 돌아가게 될 것 같아 창고에서 두꺼운 비옷을 꺼내달라고 했던 건데. 그렇구나, 하라 선배도 버스를 놓쳤군요. 제가 사무실에서 나오고 바로 출발했으면 탈 수 있었을 텐데."

평소에는 별로 떠들지도 않으면서 어째서 내 실수를 말하는 지금은 그렇게 나불거리는 거야…… 하라는 고개를 푹 숙이고 그래, 그렇게 됐다고, 라며 끄덕거렸다.

"그냥, 여러 사정이 있었어."

어른의 사정이, 라고 말하려다가 그건 그것대로 너무 적절한 표현이라 입을 다물기로 했다. 일단 회사에서 나왔다가 전에 포인트로 몰래 주문한 고급 구호식량이 생각나 그걸 먹으려고 다시 돌아갔더니 선배와 지카가 구호식량이 있는 비품창고에서 섹스판을 벌여 도로 나왔네요, 라는 말은 역시 할 수 없었다. 이렇게 된 바에야 그냥 다 떠벌려도 상관은 없겠지만.

오니키리가 어떤 남자인지 자세히는 모른다. 좌우간 키가 크고 굳이 따지자면 마른 편이지만 몸집은 탄탄했다. 그 덩치를 유지하기 위해선지 도시락통이 컸다. 아직 미혼인지 혼자 산다고 했으니 도시락은 손수 쌀 것이다. 사무실에 있을 때는 차를 자주 마셔서 오니키리가 외근을 나가지 않는 날에는 전기포트에 뜨거운 물을 두 번씩 채운다. 회식은 1차까지만 간다. 하라보다 한 살 어리고 말수가 적다. 일로 억지를 부리지는 않지만 은근히 남을 믿지 않는 구석이 있어서 하라가 순조롭게 처리하고 있는 작업이라도 기한이 다가오면 몇 번이나 진행 상황을 묻곤 한다. 오니키리에 대해 아는 사실은 그게 전부다. 이름은 히로시라고 했던 것 같다.

자취를 하니까 싹쓸이한 건지, 아니면 값이 싸서 이득이라 생각해 싹쓸이한 건지는 잘 모르겠다. 오니키리는 아, 봉지는 세 겹으로 싸주세요, 하고 계산대 안쪽의 점원에게 부탁했다.

"전부 담아서 그 위에 봉지를 씌운 다음, 그걸 다시 봉지에 넣어주세요. 젖으면 안 되니까. 번거로울 텐데 죄송해요. 그걸 먹을 생각을 하면 벌써부터 군침이 돌아요."

"아, 닭튀김 맛있죠."

점원도 오니키리의 마음을 안다는 듯 태연히 맞장구를 쳤다. 태평하게 뭐야, 하고 얼굴을 찌푸리며 하라는 우비 코너에서 두 사람의 대화에 귀를 기울였다.

"감자튀김이 눅눅해질까 걱정이네요."

"오븐토스터로 데우면 70퍼센트 정도는 괜찮아져요."

"그런 방법이 있었군요!"

"생선 그릴을 쓰면 좋아."

무심코 대화에 끼어들고 말았다. 조금 떨어진 곳에 있던 점원과 오니키리는 동시에 하라 쪽을 돌아보더니 바로 자기들끼리 나누던 대화로 돌아갔다. 너희 대체 뭐야! 하라는 별로 그럴 일도 아닌데 발을 동동 구르며 화를 내고 싶었다.

계산을 끝낸 오니키리가 하라 옆을 지나다가 걸음을 멈추었다. 이 녀석도 우비를 사려는 건가? 하라는 견제하듯이 그가 우비를 보지 못하도록 선반을 가로막고 섰다.

"하라 선배."

"왜?"

오니키리 쪽은 보지 않고 짧은 말에 무시를 담아 대답했다.

"다리, 못 건넌다는 거 알고 계세요?"

"뭐? 왜?!"

금세 감정을 드러내고 말았다.

"아까 갔었는데, 사고가 났나봐요. 연쇄 추돌 사고로 자동차가 인도 위로 올라와서 견인해 가는 데 40분은 더 걸릴 거라며 경찰이 쫓아내던데요."

"거짓말!"

"진짠데요." 이 자식, 척수반사 같은 대꾸에 일일이 반응하다니. 괜히 화가 났다. 오니키리는 그런 하라의 짜증스러운 기분에도 아랑곳없이 담담히 설명했다. "그래서 북쪽 다리를 이용하라더군요. 창고 거리 쪽요. 하라 선배는 사무실에만 계시잖아요. 어딘지 아세요?"

"몰라……"

설마 이 녀석하고 동행해야 하는 건가? 편의점에 들른 게 잘못이었나. 하지만 비옷이 필요한데 어쩌면 좋았단 말인가. 애초에 회사로 돌아가지 않고 그대로 버스 정류장으로 갔어야 했나. 그런 생각에 어깨를 늘어뜨리고 있는데 저, 문 닫을 건데요, 라는 점원의 말이 들렸다. 하라가 도착했을 때는 열려 있던 창문에도 셔터가 내려오고 있었다. 하라는 잠깐, 잠깐만, 하고 비옷 두 개를 손에 들고 계산대로 달려갔다. 점원이 바코드를 찍는 사이 가게 안을 휘휘 둘러보던 하라는 온장고를 가리키며 거의 아무 생각 없이 주문했다.

"홍차하고 옥로녹차하고 생강벌꿀레몬이라고 쓰인 저것도 주세요. 벌꿀레몬은 두 개요." 점원은 하라가 말한 대로 온장고에서 음료 캔과 페트병을 꺼냈다. 한 개만 사면 금방 식지만 여러 개를 사면 서로 뭉쳐 온기가 오래갈 거라는 계산이었다. 목은 딱히 마르지 않았지만. "제 것도 세 겹으로, 아니, 네 겹으로 싸주세요."

＊

간척지 북쪽에는 온통 창고뿐이었다. 사카키가 일하는 부서는 제품 지원이 주 업무라 창고를 쓸 일이 없기에 이쪽에는 와본 적이 없다. 같은 직장에서 일하는 동료들도 간척지 북쪽 이야기는 하지 않는다. 트럭만 다닌다는 말은 들었다. 미쓰구는 의외로 이 주변을 꿰고 있어, 다리는 저쪽, 5분만 가면 보일 거야, 하고 정확하게 말했다.

"잘 아네."

"뭐라고 하지, 가끔 탐험하러 오거든. 보기 드문 회사의 자판기도 있고 다니는 트럭도 다양해서 꽤 재미있어."

"회사원은 그럴 시간이 없는데."

"우리도 바쁜 시간을 쪼개서 놀러 오는 거야."

미쓰구는 사카키의 말에 코웃음이라도 칠 기세로 목을 움츠리며 쌀쌀맞게 반박했다. 사카키는 미안해, 라고 말하려다 그리 잘못한 것도 아닌 듯해 그만두었다. 다만 자신이 저 나이 때 그랬듯이 미쓰구도 스스로를 어른과 크게 다르지 않다고 여긴다는 것, 어른 쪽에서 세상을 가르면 싫어한다는 것만은 마음에 새겨 넣었다.

아들도 그럴까? 그렇다면 더욱 똑똑히 기억해두어야 한다.

이야기를 멈추자 풍경이 눈에 잘 들어왔다. 비가 쏟아지는 고요한 창고 거리는 바라보기만 해도 몸이 무거워지는 느낌이었다. 자꾸 이 풍경이 어떤 영화나 게임의 오프닝 화면과 비슷하다는 생각이 들었다. 사실은 그런 영화나 게임이 실제 풍경을 사용한 화면이라는 것이 묘했다.

"그냥 영화 로케 세트로 쓰면 좋을 텐데."

미쓰구는 사카키의 혼잣말을 놓치지 않고 뭐? 하고 새된 음성으로 물었다.

"간척지를 관리하는 회사가 여기를 영화 촬영지로 빌려주고 돈을 받으면 좋을 거라고 했어."

미쓰구는 자기가 물어봐놓고 과연 제대로 이해했나 싶은 멍한 표정으로 아…… 하는 소리만 흘렸다.

평소 도로에서는 좀처럼 보기 힘든 커다란 트럭과, 영업용 차량인지 노란 번호판을 단 자동차가 사카키와 미쓰구의 옆을 지나갔다. 자동차는 똑바로 북쪽 다리를 향해 달려갔다. 사카키가 평소 이용하는 남쪽 다리가 더 크긴 하지만, 지금 건너려는 북쪽 다리도 제법 컸다. 스쳐 지나가는 차는 전부 트럭이었고, 뒤에서 추월해가는 차량 중에 간간이 일반 승용차가 있는 정도였다. 통행인은 한 명도 없다. 차량 안에는 분명 사람이 타고 있을 텐데, 사카키는 왠지 간척지에 그와 미쓰구 단둘만 존재하는 것 같다는 생각을 했다.

"굉장해, 이쪽도 굉장하다!"

미쓰구는 흥분해서 다리 경사면을 가리켰다. 비는 아까보다 더 기세가 사나워져, 작은 동물은 대번에 빠져 죽고도 남을 물살이 땅을 훑으며 그들 쪽으로 다가왔다. 사카키는 자신이 몹시 작은 존재로 느껴졌다. 그들보다 훨씬 커다란 종족이 어떤 장치 속에 그들을 집어넣고 물을 틀어, 움직임을 관찰하는 것만 같았다.

"납셔보실까?"

미쓰구는 연극을 하는 듯이 힘차게 한 팔을 휘둘렀다. 사카키는 그 말에 어떻게 반응하면 좋을지 몰라 뭐…… 하고 어중간하게 동의하면서 다리 가장자리의 인도에 발을 내디뎠다. 가죽 구두에 빗물이 들어차 철버덕거리는 감촉이 불쾌했다. 양말을 벗고 싶었지만 맨발이면 구두 속에서 발이 미끄러져 더 불쾌할 듯해 마음을 접고 그대로 걸었다. 바지 밑단에 스민 비의 얼룩이 허벅지 중간까지 퍼졌다. 감기에 걸리는 게 아닐까 걱정되었지만 그렇다고 벗을 수도 없어 이제는 신경을 끊음으로써 자신을 속이려 했다. 반바지를 입은 미쓰구는 젖은 바지가 주는 불쾌함과는 인연이 없어 보여 부러웠다. 환절기라지만 양복 안에 긴팔 커터셔츠를 입고 사무실에서 땀을 삘삘 흘리는 자신과, 낙낙한 반팔 티셔츠에 반바지 차림의 미쓰구가 함께 걷고 있다니 기분이 묘했다. 체면을 차리기보다는 날씨에 맞게 근무복을 정할 수 있는 세상이 언제쯤 올까 새삼 생각했다. 하지만 양복을 입지 않아도 되면 또 누군가를 안심시키기 위해, 어딘가에 돈의 흐름을 만들어내기 위해 다시 번거로운 드레스코드가 생길 것이다. 지긋지긋하다. 반걸음 앞서 걷는 미쓰구의 나이가 순수하게 부러웠다.

미쓰구는 난간 너머를 바라보며 다리의 완만한 비탈을 올라갔다. 그러면서 굉장해, 굉장해, 하고 사카키에게 말하는 것도 아니고 혼잣말도 아닌, 그저 입에서 나오는 감정을 아무 거리낌 없이 쏟아냈다. 뭐가 굉장하다는 걸까? 사카키는 바다 쪽에 시선을 던졌다. 바다 표면은 몹시 거칠었지만 다리와는 10미터 이상 떨어져 있어 다리가 바다에 잠길 우려는 없어 보였다. 하지만 교각을 옭아매듯 들이치는 파도에는 언제 그런 일이 벌어져도 이상하지 않을 불온한 기운이 넘실거렸다. 다리가 희미하게 흔들리는 것 같았다. 미쓰구에게도 말하자 아, 하고 한참 생각에 잠겨 걸어가다가 아아, 흔들리네, 흔들려! 하고 흥분한 기색으로 맞장구쳤다.

앞쪽이 아니라 옆쪽을 바라보며 걷는 미쓰구처럼 사카키도 바다 쪽을 보며 걸었다. 건너편 공장 지대의 어두운 상공에 번개가 번득였다. 땅 위에 박힌 것처럼 무수히 늘어선 굴뚝 밑으로 땅을 기어가듯 납작하게 펼쳐져 있는 수많은 공장과 창고들 때문에 건너편은 마치 마계도시처럼 보였다. 빗소리에 섞여 신음 같은 엔진 소리가 들려오는가 싶더니 다리가 한층 더 크게 흔들렸다. 건물이 통째로 달려오는 것으로 착각할 만큼 커다란 트럭이 지나갔다. 저 트럭에 사람이 타고 있다니 거짓말 같았다.

"지나가는 차가 크면 클수록 심하게 흔들리나보네."

"그러게."

미쓰구의 말은 사카키를 향한 게 아닌 것 같았지만 똑같은 생각을 떠올린 터라 동의했다. 잠깐 침묵했을 뿐인데 오랜만에 누군가와 이야기한 기분이다. 일단 말을 나누자 계속 말을 붙이는 게 나을 듯해 왜 집에 돌아가고 싶어? 날이 이런데 학원에서 재워주지 않아? 하고 스스로도 정말 궁금한지 아리송한 질문을 했다.

"자고 가려는 선생님은 있었지만 학생은 없었어. 뭐, 그것도 그렇지만 오늘은 친구가 빌려준 축구 경기 DVD를 꼭 보고 싶어서. 어머니도 보고 싶다고 했고."

"어디랑 어디 시합인데?"

"인터 밀란 대 AC 밀란."

"어느 쪽을 응원해?"

"인터 밀란. 당연하잖아. 나가토모 유토가 있는데!" 미쓰구는 어리석기 짝이 없는 질문이라는 표정으로 사카키를 올려다보며 눈을 부릅떴다. "우리 어머니는 사네티가 좋대. 이상적인 남편감이래."

"아버지는 관심 없으시대?"

"아버지 없어. 내가 초등학교 3학년 때 부모님이 이혼했어."

미쓰구는 태연하게 말했지만 사카키는 꼬치꼬치 캐물어서 미안하다고 사과했다. 괜찮다니까, 하고 미쓰구는 아줌마처럼 한 손을 내저으며 사카키를 달랬다.

"우리 집도 이혼했으면서, 그만 당연하다는 듯이 아버지는 어떠냐고 묻고 말았네. 나도 아직 멀었어."

회사에도 이혼 경력이 있는 베테랑 경리 여직원이 있다. 사카키는 결혼 전이나 결혼 생활 중에는 한 회사 직원으로서 그녀에게 일반적인 관심밖에 없었지만, 지금은 그녀가 어떤 마음으로 혼자 아이를 키우는지, 부모가 헤어졌다는 사실을 아이에게 어떻게 설명했는지 궁금할 때가 있다. 적극적으로 말을 걸지는 않지만. 잘 생각해보면 한 부모, 특히 아버지가 빠진 가정은 주변에 많다. 헤어진 그의 아내도 마찬가지다.

"아저씨도 부모님이 헤어졌어?"

"내가 헤어졌어."

"아아, 그렇구나. 아까 헤어진 부인이라고 했지. 아이는?"

"아들이 있었는데 이혼하면서 따로 살게 됐어."

"그것, 참."

확실한 의견을 말하지 않고 맞장구로 넘기려는 말투가 세상사에 달관한 척하는 것처럼 들렸다. 마치 자기는 가정이라는 것과 처음부터 인연이 없다는 듯이. 내 아들도 저만한 나이가 되면 저렇게 될까?

"내일 일찍 만나러 가. 그래서 나도 회사에서 안 자는 거야."

사카키는 들을 테면 듣고 말 테면 말라는 듯이 이 호우 속에서 집으로 돌아가는 이유를 털어놓았다. 미쓰구는 관심이 없는지 사카키의 말에 아무 대꾸도 않고 입을 다물고 있었다. 귀에 들어오는 소리의 8할이 우산을 때리는 빗소리로 바뀌어갔다. 나머지는 바람 소리와, 파도가 서로 부딪치는 소리. 시간이 흐를수록 빗방울이 알알이 커지는지, 우산을 때리는 소리가 점점 날카로워졌다. 파친코 기계의 구슬이 나오는 구멍에 귀를 집어넣은 기분이었다.

"아들은 몇 살인데?"

한참 입을 다물고 있던 미쓰구가 단조로운 목소리로 물었다.

"세 살."

"한창 귀여울 때네."

미쓰구가 자신은 이미 아이가 아닌 것처럼 말했다. 보기에 는 아직 충분히 어린아이인데.

"선물을 샀어. 스타워즈 팝업북. 진짜 굉장해. 한가운데에 있는 커다란 그림이 확 튀어나오는 것도 굉장하지만, 구석에 있는 그림들도 자꾸 펼쳐보게 돼, 뭐에 홀린 것처럼."

"세 살짜리 애한테 스타워즈 같은 걸 보여주면 무서워하지 않아?"

"글쎄. 《이상한 나라의 앨리스》가 나았을까? 하지만 남자 애인데."

"나도 굳이 따지자면 스타워즈가 더 좋지만."

잠시 침묵이 흘렀다. 머릿속에서 울리는 소리처럼, 이제는 빗소리를 귓속에서 떼어낼 수 없다는 사실을 깨달았다. 우산 위에 떨어지는 빗방울이 뭉쳐 넓적한 물줄기를 이루고 발수 성 천을 타고 굴러떨어졌다. 비가 무겁다. 사카키는 지구가 둥글다는 사실을 발견하기 전의 옛날 사람들이 세상의 끝에

서는 바다가 나락을 향해 수직으로 떨어진다고 생각했다는 이야기를 떠올렸다. 자신의 머리 위에서 그런 일이 벌어지고 있는 듯한 착각이 들었다. 아까는 몸이 작아진 기분이었는데. 사카키는 이런 묘한 감각들이 의아하기만 했다.

"아아, 그래도 괜찮아. 역시 선물은 좋으니까." 다시 입을 연 미쓰구의 목소리에는 자조가 묻어 있었다. "우리 집은 아버지가 일을 안 해서 부모님이 헤어졌어. 일하지 않는 남자하고 결혼해서 아이까지 낳다니 어머니는 바보 같아. 이제는 다 지난 얘기지만."

"미안해."

사카키는 반사적으로 사과했다. 아이가 태어나는 것은 무책임하게 관계를 맺는 어른들 때문이라고 생각해서였다. 가정을 유지할 수 있다고 과신했던 자신을 철저하게 비판한 끝에 내린 결론이었다. 집이 엉망으로 망가지는 데 아무 책임도 없는데 아이는 무조건 휘말린다.

"왜 아저씨가 사과해?"

"항상 생각하거든. 부모가 헤어진 가정의 아이들을 보면 미안하다고."

영문을 모르겠네, 하고 퉁명스럽게 중얼거리던 미쓰구는 사카키를 쏘아보았다.

"아저씨, 혹시 부인이나 아이를 때리기라도 했어?"

"아니."

"바람 피웠어?"

"아니."

"일도 하고 행패도 부리지 않고 바람도 안 피웠는데 왜 헤어진 거야? 어른은 이해가 안 가." 그렇게 말하는 미쓰구는 아직 키는 작아도 어른처럼 보였다. 차분하다. 부하 직원으로 두면 믿음직하겠다는 쓸데없는 생각을 했다. "부부가 이혼하는 이유 중에 성격 차이라는 게 있던데 혹시 그거야? 난 잘 이해가 안 되지만. 남자가 가정을 돌보지 않는다는 이유인가. 집에 돈만 주면 되는 거 아니야?"

"여러모로 맞지 않았어. 집을 고르는 일부터 처갓집과의 관계까지."

헤어진 아내의 친정은 유복했고 사카키의 집은 그 정도는 아니었다. 아내는 결혼해서 아이가 생기고 나서도 고속열차로 두 시간 거리에 있는 친정에 뻔질나게 드나들었고 사카키가 집에 부하 직원을 데려오면 사카키의 벌이가 시원찮다고 불평을 했다. 집을 사려고 의논을 시작하는 단계에서 아내는 더는 못 참겠다고 했다. 사카키는 통근 교통편이 편리하고 아이 방이 넓은 대신 다소 변두리에 있는 방 세 개짜리 중고 주택을 원했고 아내는 도심의 방 두 개짜리 신축 고층 맨션이 아니면 싫다고 했다. 당신이 제안한 집은 고속열차가 서는 역까지 너무 멀다, 당신 때문에 친정에서 떨어져 사는 것이니 하다못해 번화가 근처에서 살고 싶다, 라는 게 아내의 주장이었다. 일하러 나가는 사카키는 집 안에 갇히는 고통을 모른다, 고도 했다. 하루 종일 아이를 돌보며 딱히 감사할 줄도 모르는 사카키를 위해 집안일을 한다, 자신의 인생은 그저 그뿐이다, 라고 했다. 아들이 자라면 시간제로 일을 하면 되고 정규직으로 복귀할 수 있다면 그것도 좋다, 집안일은 분담하자, 사카키는 몇 번이나 설득했지만 아내는 그것으로는 부족한 듯했다. 금전적 가치관도 근본적으로 달랐다.

헤어진 아내가 이렇게나 사고방식이 다른 그와 결혼할 생각을 했던 것은 서른 살이 넘어 초조했기 때문이리라. 그녀는 고령 출산의 부담을 자주 이야기했다. 아이가 열 살이 되었을 때 자기가 마흔 초반인 것과 중반인 것은 천지차이라며. 초등학생 때 같은 반 친구의 어머니가 나이가 많아 '식겁했던' 적이 있다고 한다. 자기가 그렇게 되기도 싫고, 자기 어머니가 그렇지 않아서 다행이라고 생각했다고. 그런 말을 되풀이하는 아내를 보며 그녀의 모성에 이따금 본능적인 의문을 느끼기도 했다.

재혼할 예정이라고 했다. 사카키와 그녀보다 다섯 살 어린 남자와 친정 근처에서 즐겁게 살 거라고 했다.

"잘 모르겠지만 아저씨네 아들이 스타워즈 그림책을 좋아하길 빌어줄게."

"그래."

다리가 희미하게 흔들린 듯했다. 밀려든 파도가 교각을 끌어안으려고 무수히 많은 손을 뻗는 것처럼 보였다.

✱

어쨌든 어두워지기 전에 다리를 건너고 싶다. 북쪽 다리로 이끄는 오니키리의 안내는 정확하고 신속했으며, 다른 회사 창고 부지를 횡단하는 폭거도 개의치 않는 비정함까지 갖추고 있었다. 평소 같으면 아무리 그래도 이건 실례잖아, 하고 말리겠지만 지금은 비상시다. 하라는 창고와 창고 사이를 성큼성큼 지나가는 오니키리를 말없이 따라갔다. 당연히 인적은 거의 없었지만 트럭은 가끔 보였다. 하라는 이렇게 비가 오는 날에도 인간의 물욕은 움직이는구나, 하고 멍하니 생각했다.

잠시도 쉬지 않고 걸어가던 오니키리가 다리 초입에서 갑

자기 잠깐만요, 하고 멈추더니 우산을 목과 어깨 사이에 끼고 몸을 웅크렸다. 그러고는 비닐봉투를 조심스럽게 열어 아까 편의점에서 산 감자튀김과 닭튀김을 살폈다.

"감자튀김은 아직 괜찮네요. 하라 선배도 드실래요?"

"됐어, 목만 타."

"그런가요? 알겠습니다."

오니키리는 감자튀김을 굼뜨게 먹어치우더니 종이봉투를 비옷 주머니에 대충 쑤셔 넣고 그럼 갈까요, 하고 다시 등을 꼿꼿이 폈다. 아무래도 은근히 투지를 불태우는 것 같았다.

거대한 트럭이 옆을 지나갔다. 힘겹게 지나가는 새하얀 컨테이너가 마치 그 공간에 사각형으로 뚫린 구멍처럼 보였다.

"저건 가구를 운반하는 겁니다." 오니키리는 유명한 인테리어 브랜드를 언급하며 음침한 관광버스 가이드처럼 도로 쪽을 가리켰다. "그리고 저쪽 창고에는 커다란 구내식당이 있어요."

"그런 걸 어떻게 알아?"

"그쪽 직원이나 운전기사 틈에 껴서 가끔 먹으러 가거든요."

"뭐가 맛있어?"

"돈가스 덮밥요."

다리가 휘청거렸다. 배가 고프진 않았지만 비옷을 두 겹으로 입고 있는데도 점점 체온이 떨어져, 따끈따끈한 돈가스에 김이 모락모락 나는 쌀밥을 연상한 것만으로도 정신이 아득해졌다.

"저 트럭, 신호에 걸렸네. 짐칸에 매달려서 돈가스 덮밥 먹으러 가자."

"전 오늘은 됐습니다."

오니키리가 진지하게 대답했다. 하라는 농담이야, 하고 짜증을 내며 지금 육지에서 바다로 튀어나온 다리 위를 걷고 있다는 사실을 확인했다. 하늘과 도시, 바다의 모습이 한눈에 들어왔다. 지저분한 체조 매트처럼 두꺼운 구름이 균일한 층을 이루고, 다리 건너편의 도시는 썩은 미역처럼 그 밑에 가라앉아 있다. 바다는 불확실한 무언가를 조소하듯 서로 부대끼고, 언제 잦아들지 모를 비는 마치 지금까지 단 한 번도 멈춘 적이 없는 양 예사로운 광경이 되어가고 있다.

"저기 구내식당은 돼지고기 김치볶음도 맛있어요."

단조로운 억양으로 음식 이야기를 하는 오니키리의 목소리가, 쏟아지는 비를 이겨내지 못하고 탁해지는 하라의 의식을 현실로 끌어올렸다. 사실은 돼지고기 김치볶음이 환상이고 태풍이 현실이지만, 하라는 오니키리의 말에 화들짝 놀라 고개를 흔들었다. 돼지고기 김치볶음이 머릿속을 스치자 이번에는 온통 그 생각만 들었다. 트럭에 매달려 구내식당에 잠입하자는 계획은 거절한 주제에 그곳 이야기를 꺼내는 오니키리가 얄미웠다.

"다음에 가요."

무슨 소리를 하는 거야? 빗소리 때문에 사고가 둔해진 하라는 잠시 우두커니 있다가 뭐, 그래, 하고 대충 대답했다. 자기도 모르는 사이 입 안에 침이 고였다. 돈가스 덮밥보다 돼지고기 김치볶음이 더 강하게 침샘을 자극한다는 걸 깨달은 하라가 오니키리에게 이 사실을 이야기하자 오니키리는 잠시 입을 다물었다가 맵고 시큼한 맛을 떠올려서 그런 거겠죠, 하고 진지하게 분석했다.

오늘 처음 알게 된, 가본 적도 없는 구내식당 이야기로 더할 말도 없어 하라와 오니키리는 그 후 한참 동안 아무 말 없이 걷기만 했다. 하라는 괜히 앞쪽이 아니라 난간 너머 하늘과 도시, 바다를 보면서 걸었다. 별세계에 온 것 같다는 생각이 머릿속을 채웠다. 결코 거북한 느낌은 아니었다. 장화 속에 물이 조금씩 들어와 한편으로는 울고 싶기도 했다. 비바람 소리에 섞여 장화에 고인 물이 찰박거리는 거슬리는 소리가 들려오자 가벼운 구토감에 가까운 불쾌감이 치밀었다. 장화 속에 파고든 빗물은 금세 미지근해져서 불결한 온도로 하라의 발을 감쌌다.

시선을 비스듬히 들자 다리를 지탱하는 와이어가 가볍게 떨리는 모습이 보였다. 그러자 이번에는 다리가 흔들린다는 사실에 예민해졌다. 큰 차가 지나가면 다리가 흔들린다. 불어 닥치는 바람 또한 다리를 조금씩 흔들고 있다.

"지금, 다리 흔들리지 않았어?"

"흔들렸어요."

목소리를 지우는 바람과 파도 소리 때문에 몇 번씩 다시 말하는 게 싫어서 앞서가는 오니키리에게 들리도록 일부러 목청껏 묻자 오니키리도 큰 소리로 대답했다. 매사 태평하고 느긋한 오니키리가 이렇게 큰 소리를 내는 건 처음 본다.

바람이 불어와 발밑이 휘청거렸다. 건강할 때라면 괜찮을 텐데 비가 체력을 조금씩 앗아가고 있다. 난간에 툭 부딪친 하라는 바람에 놓치지 않도록 우산 손잡이를 꽉 움켜쥐었다. 교각을 때리는 파도가 철제 난간을 타고 온몸으로 느껴졌다. 바람이 점점 거칠어져 우산 각도에 따라서는 귀 바로 옆에서 청소기라도 돌리는 것처럼 윙윙거리는 소리로 들렸다. 하라는 다시 걸음을 멈추고 간척지와 육지 사이에서 거칠게 넘실거리는 바다를 노려보았다. 거칠고 두꺼운 구름은 끝이 없고, 찬란한 크림색 번개가 치닫고, 바다가 그 아래서 몸부림치고

있다. 수평선 바로 앞에 커다란 배 한 척이 자그맣고 불안하
게 떠 있다. 이런 광경이 성서에 나오지 않았던가? 하라는 생
각했다.

오니키리는 뒤쪽의 하라가 멈춰 선 것을 느꼈는지 걸음을
멈추고 하라와 마찬가지로 난간 너머를 바라보았다. 등을 펴
고 우두커니 우산을 쓰고 서 있는 오니키리의 모습은 다리의
보행로에 꽂힌 교통 표지판 같았다.

"굉장해." 오니키리가 말했다. "하지만 돌아가야지."

감성이 부족한 오니키리의 목소리는 하라를 고무하거나
다그치는 게 아니라 그저 퍼뜩 정신을 되돌려놓았다. 하라는
고개를 끄덕이며 다시 걸음을 뗐다. 장화 속의 불쾌한 물기
에는 이미 익숙해졌다. 빗물은 비옷 소매 안으로도 차츰 파
고들어왔다.

다리 끝이 도망가는 것도 아닌데 너무 멀게만 보인다. 대체
우리는 어디까지 온 걸까? 그렇게 생각하자 심란해졌다. 하
늘이 급속히 어두워지기 시작했다. 시간을 생각하면 어쩔 수
없는 일이지만 그래도 마치 손바닥을 뒤집듯 낮과 밤이 바뀌
어간다.

"하라 선배." 앞장서서 걸어가던 오니키리가 갑자기 뒤를
돌아보며 말을 걸었다. "죄송한데 선배가 산 음료수 좀 나눠

주실래요? 돈은 드릴게요."

이 자식, 감자튀김을 그렇게 꾸역꾸역 먹어대더니 목이 타는가보군. 하라는 어이가 없었지만 알았어, 돈은 됐어, 하고 허세를 부리고 말았다.

"홍차하고 녹차, 생강벌꿀레몬이 있어."

팔에 걸린 비닐봉지는 아직 따뜻했다. 이걸 써먹을 수 있을지 몰라. 비옷 속에 넣어 상체를 데워야겠다.

"그럼 생강벌꿀레몬을 주세요."

하필 맛이 가장 궁금했던 음료수를 꼽는 바람에 하라는 몰래 혀를 찼다.

🌸

비 내리는 날의 저녁이 이렇게나 빨리 밤으로 바뀐다는 사실을 처음 알았다. 겨우 다리 하나 건널 뿐인데 그사이에 하늘의 빛이 점점 짙어졌다. 사카키는 느린 재생의 가장 빠른 모드를 떠올렸다. 다리 위를 걸어가는 그들은 가장 느린 모드로 지정되어 있는 듯했다.

얼마나 오래 다리 위를 걸었는지 모르겠지만, 간척지와 다리 건너편의 육지가 거의 똑같은 거리로 보이니 위치로 따지면 절반쯤 왔을 것이다. 사카키는 바다 한복판을 걷고 있다고 생각했다. 그리고 그 사실에 지독히 고독한 느낌을 받았다. 이제는 지나가는 자동차도 거의 없다. 가로등은 분통이 터질 정도로 띄엄띄엄 있었다. 그 불빛마저 없다면 서로의 표정도 분간하기 어려운 어둠과 비 속에서 두 사람은 하염없이 바다 위를 걸었다.

"춥네."

"아아, 응."

"불이 왜 이렇게 먼 거야."

"뭐?"

"가로등……"

혀가 꼬이기 시작했다. 사카키의 말에 미쓰구는 그러게, 오렌지색이네, 하고 도로 한복판에 띄엄띄엄 솟아 있는 가로등을 올려다보았다.

속옷까지 젖었다. 대체 어떻게 비가 파고든 걸까. 비옷 앞단추를 전부 채운 덕에 셔츠나 재킷은 무사했다. 상반신은 후텁지근할 정도였지만 하반신에서 한기가 올라왔다. 바지를 적신 수분이 파고들 섬유를 찾아 스멀스멀 올라오고 있기 때문이다. 사카키는 수분이 살아 있는 존재 같다고 생각했다. 쏟아지는 비도, 흘러내리는 비도, 바지에 스며든 비도 움직인다. 오로지 닿은 대상을 적시려고. 가까이 있는 물방울과 융합해 더욱 커다란 물방울로 태어나려고. 언젠가 커다란 물줄기가 되려고.

비는 생명과 무엇이 다를까? 사카키는 멍하니 생각했다. 심장이 없는 것? 원형질이 아니라는 것? 차이점은 모르겠지만 어쨌거나 의지는 갖고 있을 듯했다.

속옷을 벗고 싶은 충동에 시달렸지만 그런 짓을 해봤자 아무 소용 없음을 알기에 참았다. 미쓰구는 괜찮을까? 가로등 옆을 지날 때 한 걸음 앞서가는 반바지를 확인했지만 다리를 쩍 벌리고 성큼성큼 걷는 통에 정강이를 맞고 튀어 오른 물에 젖어 검게 변했다는 것밖에 모르겠다. 올가을은 내내 따뜻할 거라고 했지만, 반팔에 반바지 차림으로 정말 괜찮은 걸까?

"춥지 않아?"

"아저씨야말로."

미쓰구는 뒤를 돌아보더니 사카키의 바지를 가리켰다. 빗물에 속옷까지 다 젖었어, 하고 털어놓자 미쓰구는 숨이 넘어가게 웃었다. 기운이 넘쳐 보인다. 사카키는 거듭 거시기가 떨어져 나갈 것 같아, 라고 말하려다가 입을 열기도 힘겹다는 사실을 깨달았다.

"아무 얘기나 할까?"

한참 침묵이 이어지자 미쓰구가 뒤를 돌아보며 물었다. 어두워서 잘 보이지 않지만 눈썹을 찌푸리고 있는 듯했다. 심심하겠지. 말이라도 하지 않으면 이 상황에 더 깊이 가라앉을 것만 같다. 하지만 사카키는 자신이 그럴 기력이나 있는지 위태로운 상태였다.

"심심하지? 아, 그래, 이거라도 들어."

가로등 밑에 멈춰 서서 휴대전화에 이어폰을 꽂고 라디오를 틀었다. 의아한 표정으로 사카키의 손을 뚫어져라 쳐다보는 미쓰구에게 라디오야, 지금 말할 기운이 없어서, 하고 설명하면서 휴대전화를 건넸다.

"혹시 교통 정보라도 나오면 알려줘."

미쓰구는 얌전히 고개를 끄덕이더니 귀에 이어폰을 꽂고 다시 걸음을 옮겼다. 사카키가 직접 들을 수도 있었지만 그러면 왠지 미쓰구의 고독을 부추길 것 같았다.

"우와, 이 노래." 앞에서 미쓰구가 큰 소리를 냈다. "광고에 자주 나왔는데 가사 뜻을 모르겠어. 울고 싶은 거야, 웃고 싶은 거야, 어느 쪽이라는 거야?"

미쓰구의 감상을 듣고 짐작 가는 바가 있어 사카키는 껄껄 웃었다.

"그 뒤쪽 가사에 설명이 나오지 않아?"

이어폰을 낀 미쓰구는 사카키의 말이 들리지 않는지 고개를 갸웃거리며 걸어갔다.

한참 동안 말없이 라디오를 듣던 미쓰구가 아아! 하고 갑자기 소리를 지르며 멈추더니 귀에 손을 대고 소리를 모으려는 듯 몸을 웅크렸다. 왜? 하고 사카키가 고개를 갸웃거리자 교통 정보가 나오고 있어, 하고 미쓰구가 속삭였다. 미쓰구는 잠시 그대로 라디오에 집중하는가 싶더니 이어폰을 귀에서 빼면서 역시 길이 엄청 막히대, 하고 얼굴을 찌푸렸다.

"전철은 안 다닌대. 비 때문에 차량을 점검해야 한다나봐. 그래서 버스가 전철 대신 다니고 있대."

"역시 멈췄나보네. 경찰이 민영 전철역 근처에 시영 버스 정류장이 있다고 했지? 괜히 전철역까지 가서 헛걸음하는 것보다 바로 정류장으로 가서 직접 시영 버스를 타는 게 빠를지도 모르겠네."

잠깐 돌려줄래? 하고 미쓰구에게서 휴대전화를 받아 지도 사이트를 열었다. 손이 떨려 고생하면서 겨우 간척지 주변 지도를 열어 확대와 축소 기능을 써가며 살펴보았다. 확실히 다리를 건너면 바로 버스 정류장이 있고, 거기에서 500미터쯤 떨어진 곳에 민영 전철역 종점이 있다. 500미터쯤이야 평

소에는 별것 아니지만 지금 상황에서는 상당한 거리다. 자기
도 보고 싶다고 하는 미쓰구에게 휴대전화를 건네려던 사카
키는 그만 손이 떨려 휴대전화를 놓치고 말았다. 미쓰구는 외
마디 소리를 지르며 휴대전화가 땅에 떨어지기 직전에 낚아
채고는 정신 바짝 차려, 하고 사카키의 등을 철썩 때렸다.

"춥네, 큰일이야. 이대로 집에 돌아가도 몸이 버틸지……"

"우는 소리 마. 아들이 아저씨를 보고 싶어 할 거야."

울컥한 마음이 들었다. 사카키는 고개를 숙이고 아들 요시
히로를 생각했다. 미쓰구는 휴대전화 화면을 찬찬히 들여다
보며 오오, 이 다리 끝은 소용돌이네, 하고 왠지 기쁜 목소리
로 중얼거렸다.

"지붕을 고안해낸 사람은 위대해." 하라는 어느새 누구를
향해 말을 하는 게 아니라 마음에 떠오르는 생각을 그대로
입에 담고 있었다. "그동안 아이스크림을 발명한 사람이 제
일 위대하다고 생각했는데 철회할 테야. 오늘부터 지붕을 발
명한 사람으로 바꾸겠어."

지붕은, 끝내줘.

주택 광고 내레이터처럼 말하자 오니키리는 그러네요, 굉장하죠, 지붕이 있으면 비도 피할 수 있죠, 하고 곧바로 동의했다.

경치로 보아 다리 절반은 건넌 듯한데, 절반을 지났다는 뜻은 절반이 남아 있다는 뜻이다. 하라는 이 사실이 지금 상황에서 별 희망이 되지 못함을 깨달았다.

오늘 이 순간까지 언제나 절반을 기준으로 살아왔다. 소고기 덮밥은 밥을 절반 먹고 나서 소고기와 양파를 빈 자리에 떨어뜨려 진척 상황을 파악하기 쉽게 만든 다음, 서서히 밥과 같이 먹는 고기 비율을 높여간다. 이 옷가게의 셔츠원피스 가격은 저 옷가게의 절반이니 색이 조금 별로여도 이 옷가게에서. 미를리통*은 케이크 절반 가격인데 크기는 더 크니까 맛은 단순해도 당연히 미를리통. 처리해야 할 서류는 미리 페이지 수를 파악한 뒤에 절반까지 해치우고 과자를 먹는다. 근무시간을 절반으로 나누면 한시 삼십분, 점심시간을 빼면 두시, 오후의 절반은 세시 삼십분, 언제나 그렇게 시간을 나누어 이제 반밖에 안 남았다고 스스로를 타이르며 견뎌냈다.

---

*파이 속에 아몬드크림을 채워 굽고 슈거파우더를 뿌린 프랑스 과자.

그렇게 지금까지 절반으로 나누어왔던 일상 속에서, 오늘 이 사태는 가장 그럴 이유가 없는 일처럼 느껴졌다. 하라가 절반으로 나누어왔던 일상 속에 비가 그치지 않는다는 상황은 없었다. 그런 경우는 지금까지 한 번도 없었다. 모든 것은 지붕 밑에서 일어나는 일이었으니까.

지붕 밑으로 들어가고 싶다. 집으로 돌아가고 싶다.

"집에 돌아가고 싶어요." 하라와 한마음이라도 된 것처럼 옆에 있던 오니키리가 말했다. "오늘은 쇼핑몰에서 택배가 온단 말입니다. 그러니까 반드시 집에 돌아갈 거예요."

시시한 이유지만 참으로 오니키리답다는 생각이 들어 하라는 살짝 웃었다.

"뭘 샀는데?"

굳이 넘겨짚지 않고 물어보았다. 오니키리가 인터넷으로 쇼핑을 한다는 사실이 왠지 신기했다.

"실론 우바하고 탄자니아 홍차요. 공정무역 제품이에요." 예상치 못한 대답에 하라는 저도 모르게 오니키리를 올려다보았다. 오니키리는 하라의 시선을 알아채지 못했는지 은색 세로줄이 박힌 듯한 시야 속에서 움직이는 석상처럼 계속해서 무겁게 걸음을 옮겼다. "거기서 파는 우바는 가격에 비해 정말 훌륭합니다. 회사에 가져와서 처음 마셨을 때, 주위 모든 사람들에게 말하고 싶었어요. 퍼스트 플러시가 최고다 세 컨드 플러시가 최고다* 말들 하지만 역시 우리에게 가장 익숙한 홍차는 실론이라는 사실을요. 아니, 홍차에 대해 잘 아는 건 아닙니다. 하지만 맛있었어요. 일에서 구원받은 느낌이었습니다."

빗소리에 섞여 들리는 오니키리의 커다란 목소리는 어떤 영화에서 본 알코올 중독자 재활 협회의 절실한 호소 같았다.

"탄자니아 홍차는 어때?"

"그래요, 좀 들어보세요. 탄자니아 홍차도 좋아요. 깔끔해서 쓴맛도 별로 없고, 기분이 좋을 때도 나쁠 때도 마시기 좋아요. 어느 음식에나 잘 맞고요. 일식에도 잘 어울린다니까요. 게다가 값도 쌉니다. 그게 오늘, 저희 집으로 온단 말입니다!"

오니키리는 세계 평화나 스포츠맨십을 외치는 사람처럼 강력한 어조로 말했다. 세계 평화, 그렇다. 세상의 평화를 바라는 마음처럼, 지금은 집에 돌아가고 싶다.

"택배기사가 이런 날에 움직일 수 있을까?"

---

*실론 우바, 중국 기문 홍차와 함께 세계 3대 홍차로 불리는 다르질링을 수확 시기에 따라 구분하는 방법. 퍼스트 플러시는 3, 4월에 세컨드 플러시는 5, 6월에 수확한다.

"그건 모르겠지만 저는 편의점에서 수령하기로 했으니 아마 괜찮을 겁니다!"

오니키리의 목소리가 괜히 커졌다.

"그 말을 들으니 생각났는데 무인양품에서 파는 과자 중에 '집에서 뒹굴뒹굴'이라는 게 있거든. 난 지금 온통 그 생각뿐이야." 하라는 집 의자에 앉아 텔레비전을 보면서 차를 마시고 과자를 먹는 제 모습을 상상했다. 지금 그것은 상상보다 망상에 가까운 듯했다. 정말 내가 평소에 그런 행동을 했나? 그건 어떤 기적이 아닐까? "그건 이 세상 이름이 아니야! '집에서 뒹굴뒹굴'이라니. 그 충족감이란! 정말, 뭐라고 해야 하지, 과자가 아니라 '집에서 뒹굴뒹굴'이라는 여유를 사는 느낌이야!"

이해합니다! 오니키리가 외쳤다. 그 목소리를 지우려는 것처럼 다리 밑에서 파도가 한층 격렬하게 맞부딪치는 소리가 들렸다.

"월급을 안 올려줘도 좋고 여자 친구가 안 생겨도 좋으니, 집에서 뒹굴거리고 싶어요!" 오니키리의 말은 일종의 비밀 누설에 가까웠지만 하라의 반응은 둔했다. 그렇구나, 라는 정도였다. "집에서 뒹굴거리기 위해서라면 웬만한 일은 다 할 수 있습니다. 가령 호우를 뚫고 집으로 돌아간다거나!"

"맞아." 하라는 고개를 깊이 끄덕였다. "사랑 같은 건 별 필요 없으니까 집에 돌아가고 싶어."

아주 잠깐 영업부 이시이 씨와 지카가 머릿속을 스쳤다. 그들은 집에 돌아가지 않는다. 그것이 이상했다. 집에 돌아가는 것보다 더 가치 있는 일이 이 세상에 존재할까?

우산을 날리고 두 사람의 발걸음까지 막을 기세로 바람이 거세게 불어닥쳤다. 하라와 오니키리는 바람을 품지 않도록 우산을 반쯤 접고 난간에 매달려 조용히 견뎌냈다.

"친구한테 들었는데, 아라시야마 고자부로*는 태풍 중계가 야하다는 에세이를 썼대." 하라가 목소리를 낮추고 말했다. 들리든 말든 상관없다. "여자 아나운서가 입은 투명한 비옷이 바람 때문에 몸에 달라붙는 게 보기 좋다나. 왠지 좀 이해가 가."

"아아, 음."

오니키리의 대답이 긍정의 뜻인지 그냥 맞장구일 뿐인지 알 수 없었지만 하라는 개의치 않고 말을 이었다.

"그럼 나라면 누가 그런 모습으로 중계해주면 좋을지 생각해봤는데, 무로후시 고지**가 먼저 떠올랐어. 아니면 쇼에이***.

---

* 일본의 에세이스트로《악당 바쇼》, 《불량중년은 즐겁다》 등의 책을 펴냈다.
** 일본의 국가 대표 해머던지기 선수.
*** 일본의 배우. 학창 시절 투창 선수로 활약했다.

아, 딱히 뭘 던지는 선수를 좋아하는 건 아니지만."

"왜일까요, 몸집 때문일까요? 그 사람들이라면 그리 간단히 바람에 날려갈 것 같지는 않으니까."

오니키리가 차분하게 말했다. 바람이 조금 약해졌다. 하라와 오니키리는 난간에서 떨어져 다시 천천히 걸음을 뗐다.

"넌 그런 사람 없어?"

"전 의외로 린지 로언이 좋을 것 같아요. 살쪘을 때 모습으로."

"역시 마르지 않은 점이 중요한가."

"캐시 베이츠라도 상관없어요."

"그건 아라시야마 고자부로가 말한 의미하고 너무 동떨어졌는데."

"그러네요. 하지만 오늘 집에 돌아가면 몸에 비옷이 들러붙은 여자 아나운서를 볼 수 있을지도 모르겠군요."

"그러려면 일단 집에 돌아가야지."

아까는 절반이 남아 있다는 사실을 안다는 것이 이토록 무의미한 날은 또 없으리라고 생각했다. 하지만 지금은 얼마나 왔는지 역시 궁금해져 뒤를 돌아보고, 다시 앞쪽 다리 건너편을 번갈아보고 있다. 육지 쪽으로 제법 다가간 것 같다. 하지만 비가 잦아들 기미는 없었다. 하라는 바들바들 떨면서 이를 악물고 목소리를 쥐어짜내 소원을 말했다.

"집에 돌아가고 싶어. 간절히, 짝사랑하는 마음처럼 애타게, 집으로 돌아가고 싶어!"

얼마 후 오니키리가 말을 이어받았다.

"저도 돌아가고 싶습니다. 저와 주위 사람들의 건강을 바라듯 간절하게, 집으로 돌아가고 싶어요."

하라는 마구 치밀어 오르는 웃음을 그대로 토해내며, 다시 불어오는 바람에 대비해 우산대 맨 위쪽을 꽉 붙잡고 자세를 낮추었다.

✿

미쓰구가 '소용돌이'라고 말한 것은 보행자와 자전거 이용자를 위한 커다란 나선형 경사로였다. 차도는 그대로 이어져 고가 도로로 연결되었다. 지면에서 제법 높은 곳인지, 경사로는 5층짜리 빌딩쯤 되는 높이에서 완만한 원을 그리며 지상으로 내려갔다. 간척지와 육지의 표고 차이 때문인지 간척지에서 다리로 올라가는 비탈은 걷기 좀 성가실 뿐 경사가 그리 심하지는 않았는데, 위에서 굽어본 나선형 도로는 끝없이 똬리를 틀고 있는 것처럼 보였다.

일단 다리는 끝까지 건넌 것이다. 드디어 간척지 건너편의 육지에 도착해 다리를 내려가려는 참이다. 그 사실 자체는 환영할 일일지도 모르지만, 사카키에 더해 미쓰구까지 이상해지기 시작한 상태였다. 미쓰구는 추워, 추워, 라고 말하며 몸을 웅크리고 걸었다. 사카키가 비옷을 벗어 입혀주자 조금은 괜찮아진 듯했지만 여전히 몸을 벌벌 떨었고, 반응도 신진대사도 저하된 듯했다.

"잠깐 쉴까?"

"쉬긴 어디서."

미쓰구가 짜증스러운 목소리로 대꾸했다. 확실히, 쉴 만한 곳은 어디에도 없다. 나선형 경사로의 비탈은 그렇게 심하진 않았지만 체력이 없는 상태에서 웅크리기라도 하면 그대로 앞으로 굴러갈 것만 같았다. 한 바퀴 내려가자 위쪽 도로가 지붕 역할을 해서 그나마 비를 피할 수 있었지만, 지금까지 혹독한 상황에서 온갖 것을 빼앗길 대로 빼앗긴 사카키와 미쓰구에게는 일시적인 위안밖에 되지 않았다. 경사로 곳곳에 형광등이 있어 사카키는 그 빛나는 불빛을 멍하니 바라보면서 뭐, 저렇게라도 하지 않으면 여긴 시커멓겠지, 하고 생각했다.

사카키 역시 앞으로 얼마나 버틸 수 있을지 알 수 없었다.

어쨌거나 이 부근에 있는 시영 버스 정류장으로 가서 시간표를 확인하고 버스를 기다릴 작정이었다. 하지만 비옷을 미쓰구에게 양보한 뒤로 상반신은 급격하게 체온을 잃고 하반신에서 올라오는 습기에 침략당해, 추위 때문에 이가 딱딱 부딪치고 의식도 흐리멍덩했다.

우아아아아아아! 미쓰구가 소리를 질렀다. 고통 때문이라기보다 스스로에게 기합을 넣으려는 듯한 고함이었다. 사카키는 고개를 몇 번 끄덕였을 뿐 괜찮은지 묻지는 않았다. 이미 대화를 하기 힘겨운 상태라 대답을 기대하는 말은 신중히 선택해야 하는 상황이었다.

아무 이야기나 할 수도 없었다. 그런 경우는 종종 있다. 회사에서 잔업을 할 때나 바쁠 때. 하지만 그것은 어디까지나 배려 차원의 문제이고, 이야기할 기력을 아끼는 행동에 지나지 않았다. 하지만 지금은 다르다. 정말로 말할 기력이 없었다.

평소처럼 집에서 전철과 버스를 갈아타고 회사에 온 오늘, 이 평일에, 회사에서 그저 집으로 돌아가는 것뿐인데 어째서 이토록 죽을 고생을 하고 있단 말인가. 이야기도 나눌 수 없을 정도로 힘겨운 상태로, 벌벌 떨면서.

미쓰구가 휘청거렸다. 지금 얼마나 내려왔을까? 내려가야 하는 높이에 비해 경사로가 너무 길게 느껴졌지만, 이 높이를 계단으로 내려간다고 생각하면 그건 그것대로 몸에 부담이 되어 굴러떨어지고도 남을 것 같다.

"맞아, 여긴." 미쓰구는 사카키를 돌아보지 않고 큰 소리로 말했다. "뭔가 비슷한 데가 있다 싶었는데, 워터슬라이드랑 비슷해. 그렇게 미끄럼을 타고 내려갈 수 있으면 좋을 텐데."

"정말 그러네."

미쓰구의 걸음이 은근히 빨라졌다. 될 대로 되라는 듯 빗물을 걷어차면서 요란한 발소리를 내며 경사로를 내려간다.

"아, 거의 다 왔어. 힘내!"

미쓰구가 뒤를 돌아보며 사카키에게 손을 흔들었다. 사카키도 손을 들며 조금 속도를 높였다. 경사로를 빠져나가 고가 도로 밑을 조금 따라가면 버스 정류장이 있다. 그 '조금'이 얼마나 되는지, 다시 휴대전화로 지도를 확인하고 싶었지만 이미 버튼을 눌러 조작할 기력도 없었다. 어떻게 지도 사이트를 열었는지도 이제는 가물가물했다.

경사로가 끝나고 겨우 지면을 밟았다. 간척지가 아닌, 육지다. 길고도 짧은 지금 이 순간, 간절히 꿈꾼 순간인데도 감동은 거의 없었다. 그 이상으로 대체 여기는 어딘가 하는 불안이 밀려들었다. 자동차로도 지난 적 없는 다리를 건너 찾아온 이곳은.

고가 도로의 굵은 기둥이 바닥에 내리꽂힌 어둠처럼 느껴졌다. 주위 공장 지대는 쥐 죽은 듯 고요했다. 역시나 사람도 차도 보이지 않았다. 사카키는 필사적으로 휴대전화 화면으로 보았던 지도를 떠올리며 고가 도로 어느 쪽에 정류장이 있었는지 고민했다. 집에 돌아가고 싶어! 이미 체면이고 뭐고 바닥난 미쓰구의 절규가 고가 도로에 부딪혀 메아리쳤다.

고가 도로 아래의 기둥을 다섯 개쯤 지났을 때, 반대편으로 이어지는 도로 위에 세로로 길게 빛나는 흐릿한 물체가 보였다. 처음에는 사람인 줄 알았다. 그만큼 사카키의 인식 능력은 저하되어 있었다. 비 때문인지 버스가 신중한 속도로 이쪽을 향해 다가오고 있었다.

"서둘러!"

사카키가 외치자 미쓰구는 튕기듯 정류장으로 달려갔다. 버스 헤드라이트는 뜨뜻미지근한 색으로 빛나고 있었고, 앞에서 본 차체는 왠지 웃고 있는 것처럼 보였다.

버스는 손을 들고 폴짝거리는 미쓰구의 바로 옆에 멈췄다. 푸시식 하고 요란한 콧김 같은 소리를 내며 운전석 옆쪽 문이 열렸다. 미쓰구는 가만히 서서 버스를 올려다보았다. 꼼짝도 하지 않고 그저 버스 안을 올려다보는 그 모습이 사카키의 불안을 부채질했다.

마지막 힘을 쥐어짜 미쓰구 곁으로 달려가자 운전수의 낮은 목소리가 들려왔다.

"……그래서, 운행 간격이 엉망이야. 하지만 보다시피 더 탈 수 있는 자리가……"

이쪽으로 몸을 내민 운전기사가 마치 애원이라도 하는 투로 미쓰구에게 설명하고 있었다. 한발 뒤로 물러나 버스를 살펴보니 유리창 너머로 수많은 승객이 보였다. 사카키는 입을 떡 벌리고 실눈을 뜬 채 이를 악물었다.

버스 안은 인산인해였다. 출입구에 겨우 서 있는 젊은 여성이 거북한 시선으로 사카키와 미쓰구를 쳐다보았다. 다른 승객들도 처지가 비슷할 것이다. 여자 뒤쪽으로 한 덩어리의 승객들이 둔하게 꿈틀거렸다. 미쓰구가 당장이라도 울음을 터뜨릴 듯 얼굴을 찌푸리고 사카키를 올려다보았다. 사카키는 미쓰구의 어깨를 끌어안고 고개를 끄덕이며 사람들에 묻혀 잘 보이지 않는 운전기사의 눈을 필사적으로 찾아 바라보았다.

"아이 하나라면 어떻게든 되겠죠? 저는 괜찮습니다. 이 아이를 태워주십시오."

하지만, 하고 운전기사가 머리를 긁적거리며 끙끙거렸다.

"다음 차는 언제 올지 몰라요, 정말로. 그래도 되겠소?"

"괜찮습니다."

"안 괜찮아!"

미쓰구가 끼어들었다. 사카키는 고개를 저었다. 출입구 쪽
에 서 있던 여자가 뭔가를 말하고 싶은 듯 입을 열었지만 결
국 다물어버렸다.

"그렇게 됐으니까, 자."

사카키가 미쓰구의 등을 떠밀었다. 출입구에 있던 여자가
제일 앞좌석 손잡이에 머리를 살짝 부딪히며 아이 하나가 간
신히 들어갈 수 있을 만한 공간을 터주고 살짝 고개를 끄덕
였다. 미쓰구는 버스 안과 사카키를 몇 번이나 번갈아 보다
가 마침내 여자가 비워준 공간에 발을 올렸다. 침침한 빛에
비친 미쓰구의 정강이가 거의 회색으로 물들어 있었다.

"이걸."

운전석에서 석유 냄새가 나는 마른 수건이 날아와, 사카키
는 떨어뜨리기 직전에 겨우 받았다.

"비는 점점 잦아들고 있으니, 조만간 요 앞 역에도 전철이
다닐 거요."

"알겠습니다."

운전기사는 내일은 토요일이니 느긋하게 쉬라는 말을 남
기고 떠났다. 사카키는 정류장 벤치에 주저앉아 수건으로 얼

174

굴을 닦고 우산을 접었다. 정류장은 고가 도로 바로 아래에 있어 비가 떨어지지 않았다.

수건으로 휴대전화를 닦고 사진 폴더를 열려고 했지만 손가락이 곱아 제대로 조작하지 못하고 상위 폴더를 누른 채로 굳어버렸다.

돌아갈 수 있을까?

사카키는 손바닥으로 눈가를 훔쳤다. 만약 내일 약속 시간에 늦으면 헤어진 아내에게 뭐라 말하고 아들을 만나게 해달라고 부탁할지 고민하다가 곧 그만두었다. 그 대신 부모님을 고향 집에서 이쪽으로 모셔올 수는 있을까, 집 근처 어린이집에 빈자리가 있을까, 부모님을 모셔오지 못할 경우 그가 직장에 있는 긴 시간 동안 아이를 돌봐줄 시설은 있을까 고민해보았다. 뇌에서 마음으로 생각이 내려가는 흐름에 연동하듯 손이 떨렸다. 지금까지 멍하니 떠올렸던 생각의 조각들이 한데 뭉쳐 하나의 의지로 변해갔다.

사카키는 표면에 물이 스며들어 차가워지고 묵직해진 서류가방을 열고 수첩을 꺼냈다.

• 어린이집을 찾는다(이사도 가능)
• 내일 부모님께 전화

사카키는 거기까지 쓰다가 손을 멈췄다.

헤어진 아내가 재혼 소식을 알렸을 때 새 아빠와 사이가 불편하면 안 된다는 이유로 사카키는 아들을 데리고 오려 했다. 하지만 그녀는 고개를 저으며 사카키를 설득했다.

사람은 평생 사랑을 하는 생물이야. 요시히로도 언젠가 이해해줄 테고, 그 애도 결국엔 원치 않는 결혼을 했다가 다시 새로운 사랑을 할지도 몰라. 어쨌거나 새 아빠도 받아들였어. 프랑스 사람들은 그런 게 당연한데. 인터넷에서 기사를 봤어.

"넌 프랑스 사람이 아니잖아!"

고가 도로의 강철 부품이 사카키의 목소리에 달콤하게 공감하듯 소리를 반사했다.

여길 내려가면 조금 쉬자. 비는 피할 수 있으니 우산을 쓸 필요도 없겠지. 하라가 나선형 경사로 밑을 가리키며 말을 걸었지만 오니키리는 반응하지 않고 경사로 난간을 붙든 채 중앙에 일직선으로 뚫린 구멍으로 아래쪽을 굽어보았다.

"듣고 있어?"

"듣고 있습니다."

그럼 가자, 라고 하라가 말하자 오니키리는 난간 위에 가방을 얹더니 속을 뒤지기 시작했다.

"뭐 해?"

"사진 찍으려고요."

하라는 입을 벌리고 오니키리를 응시했다. 이 비상시에 무슨 여유를 부리는 거야? 이유를 묻고 싶지도 않았다. 오니키리는 고개를 갸웃거리며 휴대전화를 조작해 전화 위에 우산을 씌우고 경사로 중앙으로 긴 팔을 뻗었다. 하라도 난간에 기대어 중앙의 구멍을 들여다보았다. 경사로에 전등이 달려 있는지, 연노란색으로 빛나는 나선이 완만한 원을 그리며 지상으로 하강하고 있었다. 전등 불빛에 비치는 비가 무수한 세로줄로 보였다. 지상은 자욱한 물기 때문에 뿌옜다. 찰칵, 오니키리의 휴대전화 카메라 소리가 묘하게 선명하게 들렸다. 나선형 경사로 중앙에 생긴 구멍과 오니키리를 몇 번이나 번갈아 보던 하라는 이윽고 구멍을 지그시 들여다보았다. 안쪽이 빛나는 커다란 튜브 모양의 구멍은 여태 한 번도 본 적 없는 신비한 아름다움을 지니고 있었다. 하라는 오니키리의 요란한 재채기 소리에 퍼뜩 정신을 차렸다.

"만족했습니다. 가시죠."

오니키리가 고개를 한 번 크게 끄덕이고는 앞장서서 걸었다. 하라는 우산 너머로 하늘을 올려다보고 손을 내밀어 빗줄기를 가늠하며 경사로를 내려갔다. 기세등등하게 땅을 후려치던 비도 조금 약해진 듯했다. 탕파처럼 품은 편의점 음료수가 조금씩 온도를 잃어가고 있었다. 오니키리에게 하나를 줘서 수가 줄어들자 식기 시작한 듯했다. 오니키리가 산닭튀김과 감자튀김은 어떻게 되었을까? 그런 생각을 하자 별안간 혀 안쪽에 침이 확 고여 고통스러울 정도였다.

역에서 집으로 돌아가는 길에 있는 편의점은 열려 있을까? 간척지 편의점은 입지가 특수하니 문을 닫은 거겠지. 나도 닭튀김을 먹고 싶다. 된장국이라도 좋다. 빵이라도 좋다. 단팥하고 버터가 든 빵. 삼각김밥도 좋다. 따뜻한 녹차와 함께 먹고 싶다. 오랜만에 인스턴트라면을 먹어도 행복할 것 같다.

집에 돌아가서 먹고 싶은 음식을 성냥팔이 소녀처럼 헤아려보았다. 현관에서 비옷을 벗고, 화장을 지우고, 방바닥에 철퍽 주저앉아 흐느끼겠지. 그 자리에 있다는 사실에, 우산을 쓰지 않아도 된다는 사실에, 지붕이 있다는 사실에. 내일이 휴일이라는 건 이때 부차적인 문제다. 목욕을 하고 편한 옷으로 갈아입고 사 온 음식을 먹고 바로 양치질을 한 다음 오늘은 그만 자자. 그 외에는 아무것도 하지 않아도 된다.

미끄러지지 않도록 발가락에 힘을 주고 완만한 길 가운데를 걸어가다보니 동굴을 내려가는 듯한 착각에 빠졌다. 두

바퀴째 돌아가는데 오니키리가 아아아아, 하고 소리를 질렀다. 메아리를 확인하는 것이리라. 매사에 호기심이 많은 남자다. 겨우 두 시간 전까지만 해도 매사에 호기심이 없는 사람이라고 생각했는데.

중간까지 내려가자 하라는 경사로 안쪽으로 다가가 난간 위를 올려다보았다. 역시 구덩이 속에서 하늘을 보는 기분이다. 눈에 보이는 빗줄기는 점점 속도를 잃어 세상에 그어진 노이즈처럼 보였다.

"비는 좀 잦아든 것 같은데." 앞에서 오니키리의 목소리가 들렸다. "휴대전화 전파 수신 상태가 약해진 것 같아요. 지도를 보려고 했는데."

"뭐? 왜? 통신사 어딘데?"

오니키리가 말한 통신사는 하라와 같은 회사였지만 하라의 스마트폰 전파 수신 상태는 나쁘지 않았다. 이유가 뭘까, 잠시 생각하던 하라는 원인을 깨닫고 힘이 빠졌다.

"아까 사진 찍었잖아. 안테나에 물이 들어간 걸 거야, 분명."

"아아……"

"나도 예전에 비 오는 날 휴대전화를 가방 바깥쪽에 꽂아 뒀다가 점점 전파 수신 상태가 나빠진 적이 있어."

하라는 고개를 저으며 평소에는 배터리를 절약하려고 꺼

두는 스마트폰 GPS 기능을 켜고 지도 앱을 열었다.

"죄송합니다."

"휴대전화를 바꿔야 하면 어차피 귀찮은 건 그쪽이야. 상관은 없는데."

"하라 선배가 없으면 위험했습니다."

"하긴. 그 비옷도 내가 찾아준 거고."

화면에 띄운 지도가 너무 작아서 확대하다보니 현재 위치에서 조금 벗어난 간척지 사무소 주변이 표시되었다. 하는 수 없이 간척지 사무소에서 자신들이 지나온 길을 스크롤해 지금 있는 다리 끝 나선형 경사로를 찾아냈다. 오래도록 여행한 기분이었는데 지도상으로는 겨우 2킬로미터 정도밖에 이동하지 않았다는 사실에 하라는 경악했다.

"이 주변에 뭐라도 좀 있습니까?"

스마트폰 화면을 응시한 채로 얼어붙어 있자 오니키리도 안쪽 난간으로 다가와 위를 올려다보며 물었다.

"우리, 2킬로미터밖에 안 움직였어."

하라의 말은 질문에 대한 답이 아니었지만 오니키리는 아아, 하고 말했을 뿐이었다. 어떤 식으로든 해석할 수 있는 음성이었다.

"하지만 앞으로도 이런 식으로 2킬로미터를 더 가야 하는 건 아니겠지요." 오니키리는 단조롭게 말하며 길 중간으로 돌아갔다. "비도 곧 그칠 테고요."

하라는 고개를 흔들어 천천히 정신을 가다듬고 그건 그렇겠지, 하고 동의하고 스마트폰 화면에 집중했다.

"버스 정류장이 있어. 처음 들어보는 이름이지만."

하라가 정류장 이름을 말하자 오니키리는 고개를 갸웃거리며 70번인가 71번 정류장에 그런 곳이 있었던 것 같기도 한데, 하고 혼잣말을 했다. 어느 쪽에 있는지 묻기에 지도를 보여주자 허리를 굽힌 오니키리가 유난히 심각한 표정으로 죄송합니다만 거꾸로 돌려주세요, 라고 했다. 보아하니 지도 보는 게 서툰 모양이다. 계속 스마트폰 화면을 보면서 이해가 가지 않는다는 표정을 짓고 있기에 하라는 여기서 내려가서 고가 도로를 따라 조금만 걸어가면 돼, 하고 설명했다. 오니키리는 아아, 아아, 하고 알아들었는지 못 알아들었는지 모를 대답을 하며 그럼, 하고 다시 걸음을 뗐다.

"70번인가 71번인가 하는 그 버스는 어디까지 가?"

오니키리는 하라를 돌아보지 않고 큰 목소리로 민영 전철과 시영 지하철과 JR 국철이 지나는 역 이름을 말했다.

"여기서 가면 아마 한 시간 반은 걸리겠지만요."

오니키리는 버스라는 건 정말 느려요, 라는 말을 덧붙였다.

"전철역도 근처에 있어. 네가 경찰한테 들었다는 설명이 맞긴 하네."

"전철은 아직 안 다닐까요? 그럼 버스가 굉장히 붐빌 텐데."

버스가 붐비든 텅텅 비어 있든 아무래도 상관없다는 말이 바로 뒤에 이어질 것처럼 차분한 말투였다. 다리 위에서 인터넷 쇼핑 택배가 오니까 집에 돌아가고 싶다고 외쳤던 사람과는 영 달라 보였다.

경사로를 내려가 바로 눈에 들어온 가로등을 올려다보니 그 불빛에 비치는 줄이 조금 듬성해져 있었다. 빗줄기가 약해진 것이다. 다리 위에서는 묵직한 소리를 내며 우산에 쏟아졌던 빗방울이, 기분 탓인지 가벼워진 것 같기도 했다. 하라는 우산 안쪽에 비치는 빗방울 그림자를 응시하며 비가 그칠지도 모른다는 희미한 희망을 품었다. 하지만 날이 갠다는 게 황당한 상상처럼 느껴질 정도로 두 사람은 이미 비에 푹 젖어 있었다.

주위 상황이 어떤지 어두워서 잘 파악할 수는 없었지만 가로등 불빛 속에서 군데군데 보이는 건물은 아마도 창고나 공장, 혹은 그런 곳들의 사무소 같았다. 맨션이나 주택처럼 사람이 거주하는 건물은 없는 듯했다. 사람이 있을 법한 건물도 불은 죄다 꺼져 있었다. 이 주변은 마치 도시가 비에 패할 것을 예견한 사람들에게 버림받은 것처럼 보였다.

"이 부근에서 일하는 사람들은 벌써 집에 돌아갔을까? 불이 켜진 곳이 없네."

"그럴지도 모르겠네요."

"지금쯤 집에서 뒹굴고 있을까?"

"얄밉네요."

빗줄기가 약해져서 마음이 놓였는지 오니키리의 걸음이 조금 느려진 것 같았다. 버스 정류장은 지도상으로는 경사로 근처였으니 금방 도착할 터였다.

그러자 갑자기 불안해졌다. 다리를 건너고 경사로를 내려왔다고 해서 뭐가 달라진단 말인가? 비는 당분간 계속 내릴 듯하고, 지금은 한 번도 와본 적 없는 곳을 걷고 있다. 게다가 70번인가 71번인가 하는 버스도 타본 적이 없다. 문제는 아직 산더미처럼 쌓여 있다.

고가 도로 바로 밑에서 버스 정류장을 발견했지만, 그곳에 버스는 없었다. 대신 벤치에 드러누운 수상한 사람만 있었다. 가까이 가봐야 할까? 하지만 이 상황에서 괜한 문제를 더 끌어들이는 게 현명한 짓일까? 하라가 자신의 문제 해결 능력에 대한 자신감을 심각하게 의심하며 고민하고 있는데, 오니키리는 아! 하고 외치더니 망설임 없이 그쪽으로 달려갔다.

하라도 어쩔 수 없이 오니키리, 너 정말! 하고 뒤를 쫓아갔다.

오니키리는 몸을 숙이고 괜찮으십니까, 괜찮으십니까? 하고 괜찮은 사람도 대답하기 귀찮을 정도로 벤치 위에 드러누운 사람을 흔들어댔다. 하라는 너 말이야, 정말, 그러면 더 힘들어지잖아, 하고 잔소리를 하며 오니키리를 말리고 벤치 위에 드러누운 남자의 차림을 유심히 살폈다. 잔뜩 젖어 상당히 지저분하기는 했지만 양복을 입고, 서류가방을 끌어안고 있었다. 남자는 몸을 바들바들 떨었다. 비를 피할 도구는 벤치 밑에 놓인 비닐우산밖에 보이지 않았다. 의식은 있는 듯했다. 아마도 서른 초반이나 중반쯤, 하라나 오니키리보다는 몇 살 위로 보였다. 남자를 뚫어져라 보던 하라는 그가 이따금 같은 버스를 타는, 오늘 간척지 버스 정류장 근처에서 마주친 그 회사원임을 깨닫고 외마디 소리를 질렀다.

몇 초 동안 석상처럼 멈춰 있던 오니키리가 하라 선배, 음료수! 하고 하라를 올려다보았다. 하라도 정신이 번쩍 들어 옹기종기 모여서 간신히 미지근한 온도를 유지하고 있는 녹차와 홍차와 생강벌꿀레몬이 든 봉지를 꺼내 벤치 위에 드러누운 남자의 얼굴에 갖다 댔다.

사방에서 끊임없이 들려오는 물소리에 파묻힌 죄송합니다, 라는 남자의 희미한 목소리를 들은 것 같았다. 하라는 봉지에서 생강벌꿀레몬 페트병을 꺼내 딱딱하게 곱은 손가락으로 마개를 열고 남자의 손에 쥐여주려 했다. 실눈을 뜨고 있던 남자가 냄새를 맡듯 눈을 감고 조용히 숨을 들이마시더니 팔꿈치를 써서 느릿느릿 일어나, 페트병에 입을 대고 음료수를 한 모금 마셨다. 하라는 마른침을 삼켰고, 오니키리는 진지한 얼굴로 남자를 지켜보았다. 남자는 첫 한 모금에 뭔가 스위치가 켜졌는지 고개를 젖히고 음료를 꿀꺽꿀꺽 들이켜기 시작했다. 부스럭거리는 소리가 들려 오니키리를 보니 세 겹으로 싼 비닐봉지를 풀어 편의점에서 싹쓸이한 닭튀김을 꺼내고 있었다.

"드세요."

오니키리가 남자에게 닭튀김을 내밀자 그는 아직은 입을 벌리는 게 힘겨운지 몇 번이나 고개를 내밀어보려고 하다가 마침내 양복바지 자락에 손가락을 닦고 닭튀김을 집어 입에 넣었다. 첫 한 조각을 먹고 나서 포장용기에 든 나머지 닭튀김을 전부 먹어치우기까지 30초도 걸리지 않았다. 하라는 오니키리가 이 상황을 어떻게 생각하는지 궁금해 얼굴을 보려고 했지만 오니키리는 남자를 가만히 굽어볼 뿐, 하라의 존재는 눈에 들어오지 않는 듯했다.

"하라 선배."

"응."

"비옷 좀 빌려주세요. 제가 입고 있는 걸 이 사람에게 빌려 줄 테니."

오니키리는 그렇게 말하며 자기 비옷을 벗어 남자의 어깨에 걸쳐주었다. 하라는 말없이 두 겹으로 입고 있던 비옷 중에서 겉에 입고 있던 것을 벗어 오니키리에게 주었다. 오니키리가 입고 있던 스쿠터용 비옷은 다시 봐도 역시 두껍고 빳빳하고 은색이라 따뜻할 것 같았다. 앞자락 단추 틈새로 냉기와 습기가 조금 파고들었지만 생각만큼 춥지는 않았다. 오니키리는 하라가 편의점에서 산 비옷이 작은지 간신히 팔을 집어넣고 앞단추를 꼭꼭 채웠다.

오니키리가 다시 감자튀김을 내밀자 탄수화물을 섭취하고 기운이 솟아났는지 남자가 고맙습니다, 덕분에 살았습니다, 고맙습니다, 하고 아까 자기를 흔들어대던 오니키리 못지않은 기세로 고개를 숙였다. 그러면서 자기는 간척지에서 걸어서 여기까지 온 회사원인데, 이 정류장에 서는 버스는 방금 전에 떠났고 다음 버스는 언제 올지 모른다고 말해주었다.

"왜 그 버스를 안 타셨어요?"

불길한 기운을 감지한 하라가 묻자 남자는 고개를 기울이고는 승객이 너무 많아 동행을 먼저 보냈다고 대답했다. 호기심이 일었는지 오니키리가 어째서 당신이 가지 않았느냐고 묻자 남자는 그 사람이 저보다 어렸거든요, 하고 대답하고 안도 어린 한숨을 쉬었다. 부하 직원일까, 후배일까. 하라는 궁금했다. 내가 이 남자와 같은 입장이라면 오니키리를 먼저 보내주었을까 생각하던 하라는 아니, 지금 오니키리가 무슨 상관이람, 하고 바로 결론을 내렸다.

"정말 미어터질 정도였어요. 그래서 여기서 버스를 기다리면서 조금 쉬고, 그래도 버스가 오지 않으면 역으로 갈 생각이었습니다."

남자는 서류가방에 신주단지처럼 모셔두었던 마른 수건으로 얼굴을 닦으며 설명했다. 그 이야기를 들은 오니키리는 몸을 숙여 운행 시간표를 보더니 생각에 잠겼다. 고가 도로 바깥으로 내리는 비를 지켜보던 하라는 아까보다 훨씬 더 빗줄기가 가늘고 엉성해 보인다는 것을 확인했다.

"지도로 봤을 때 여기서 전철역까지 500미터 정도 되던데, 전철은 복구되었을까요?"

남자는 새것으로 보이는 휴대전화를 조작해 흔들림 없는 손놀림으로 정보를 확인했다.

"다음 차가 막차인가봐요!"

버스 시간표를 보던 오니키리가 갑자기 소리를 질렀다. 오니키리 옆으로 다가가 시간표를 확인한 하라는 그녀가 회사에서 나온 시간과, 얼마나 오랫동안 걸었는지를, 그리고 이 버스 노선의 막차가 심하게 일찍 끊긴다는 사실을 깨달았다. 그만큼 평소 이용객이 적은 노선인 것이다.

"5분 전에 철도회사 홈페이지가 갱신되었어요. 복구는 순조롭다고 하네요."

남자의 목소리에 활기가 돌았다. 하라도 너무 기쁜 나머지 그만 무심코 손을 내밀어 악수를 청할 뻔했다. 오니키리는 남자의 휴대전화를 가만히 들여다보다가 새 기종이네요, 하고 말했다. 그 한마디만으로도 상황이 점점 좋아지고 있다는 느낌을 받았다.

"DMB 좀 보여주실 수 있을까요? 야구를 볼 수 있으면 조금 보고 싶은데요. 요코하마 대 야쿠르트 경기."

남자는 고개를 끄덕이더니 휴대전화를 조작해 영상을 띄웠다. 잠깐 스친 홈 화면에 공원 타이어 놀이기구 위에 앉아서 웃고 있는, 듬성듬성 난 이가 인상적인 자그마한 소년의 사진이 있었다. 이 사람은 누군가의 아버지인 것이다. 자세히 보면 오니키리가 더 나이 들어 보이지만.

몇 번이었더라. 남자는 수신 상태가 좋지 않은 방송 화면을 여기저기로 돌렸다. 그 모습을 가만히 지켜보던 오니키리가 잠깐 멈추세요, 하고 소리치더니 하라를 돌아보았다.

"하라 선배, 보세요. 여자 아나운서예요!"

휴대전화의 작은 화면에는 지역 방송국 소속으로 보이는 젊은 여자 아나운서가 투명한 비옷을 입고 마이크를 쥔 채 호우 속에 서 있었다. 물에 잠긴 도로를 가리키며 필사적으로 참상을 전하는 여자 아나운서의 몸에 바람에 날리는 비옷이 들러붙어 있었다. 비옷 안에는 하늘색 여름 니트를 입고 있는 것 같았다. 자막에는 이웃 지방의 이름이 있었다.

"비구름이 이동했나?"

하라는 다시 고가 도로 밖으로 시선을 돌렸다. 빗줄기는 뉴스를 듣고 기대한 것만큼 누그러들지는 않았지만 적어도 소강 상태로 돌아선 것 같았다. 집에 돌아간 뒤에도 얼마간은 이 기세로 내렸으면 좋겠다. 그렇지 않으면 '집에서 뒹굴뒹굴'거리고 있다는 실감이 줄어드니까. 오니키리도 같은 마음인지 물어보려 했지만 남자의 휴대전화를 빌린 오니키리가 너무 진지한 표정으로 화면을 들여다보고 있어 그만두었다.

✳

사람들로 미어터지는 환승역 플랫폼은 습기와 뒤섞인 온

갖 체취가 자욱했다. 오니키리는 코를 틀어막고 싶은 충동에
시달렸지만 이 냄새 중 일부는 자기 냄새일 거라고 생각을
고쳐먹고, 일부러 사람들의 냄새에 몸을 내맡기기로 했다. 개
가 있는 것도 아닌데 젖은 개 냄새가 났다. 비는 인간의 체취
를 폭로한다.

하라 선배와 함께 버스 정류장에서 구조한 회사원은 걸어
서 찾아간 종착역에서 급행열차를 타고 바로 집으로 돌아갔
다. 오니키리는 지금 역에서 다른 방향으로 가는 보통열차로
갈아타야 하는데, 그 노선은 아직 운행이 정상화되지 않은
듯했다. 주위를 어슬렁거리거나, 시간표를 가만히 올려다보
거나, 역무원을 다그치며 저마다의 방법으로 시간을 보내는
승객들의 모습은 전철이 운행을 완전히 멈췄을 때만큼은 아
니지만 여전히 신경질적이었다. 덩치가 커서 그냥 서 있기만
해도 자리를 차지하는 오니키리는 이런 곳에서는 한층 눈치
가 보였다. 꾸물꾸물 사람들 사이를 헤치고 기둥 옆으로 가
등을 딱 붙이고 인파를 피하려 했지만 젊은 여자에게는 눈총
을 사고, 젊은 남자는 혀를 끌끌 차며 지나갔다. 오니키리는
손을 뒤로 하고 기둥을 꽉 붙잡은 채, 사람들이 이렇게나 많
으니 서로 아는 사람들이 기분 좋게 해후할 법도 한데 그렇
지 않은 것이 신기하다고 생각했다. 그런 가운데 역무원들끼

리 난처한 기색으로 수군거리는 모습이 묘하게 따스하게 보였다. 할 일 없이 전철을 기다리느라 심심한 나머지 오니키리는 그 대화에 끼고 싶다는 생각까지 했다.

역무원들은 항상 전철 옆에서 일하니까 마음만 먹으면 자리에서 바로 전철을 타고 집에 갈 수 있겠네요, 부럽습니다, 아, 혹시 차로 통근하시나요? 그런 소리를 머릿속에서 굴리고 있는데 아까부터 오니키리의 두 발짝쯤 앞에서 오락가락하는 아이가 있었다. 사람은 많은데도 대화 상대는 없다는 점에 의문을 느끼고 있던 오니키리는 아이라면 괜찮을지도 모른다는, 계산속이라고 부르기도 어려운 어설픈 판단으로 왜 그러니? 하고 말을 걸어보았다. 아이는 의심이 가득한 얼굴을 찌푸리고 아저씨 뒤쪽에 붙은 안내문 좀 보고 싶은데, 하고 오니키리가 기대고 서 있는 기둥을 가리켰다. 아아, 아아, 하고 오니키리는 기둥에서 살짝 떨어졌다. 사람들이 나를 노려보거나 돌아본 이유가 이것 때문이었나? 그런 생각을 하며 급조한 티가 나는, 큼직한 고딕체로 인쇄된 안내문을 소리 내어 읽었다.

"'불편을 끼쳐드려 죄송합니다. 4번 선 XX행 보통열차의 도착이 지연되고 있습니다. 조금 더 기다려주십시오.'"

"뭐야, 일일이 적어놓을 만한 일도 아니잖아. 괜히 비켜달라고 했네."

까까머리 아이는 왠지 모르게 어른스러운 동작으로 어깨를 으쓱했다.

"행선지는 다르지만 급행열차는 복구되었으니까 이쪽도 이제 곧 오지 않을까?"

"에이, 이제 곧, 이제 곧 하면서, 그게 대체 언젠데?"

대체 언제부터 '이제 곧'이라는 말로 우리를 속이고 있는 거야, 하고 까까머리 아이는 딱히 심각하게 고민하는 기색도 없이 교과서 읽듯 말했다. 키는 작은 편이지만 표정이나 말투로 보건대 초등학교 고학년이 아닐까 싶었다.

"그나저나 여기 굉장히 눅눅하네."

"축축한 개 냄새도 나고."

"그런 냄새는 맡아본 적 없어."

까까머리 아이는 팔짱을 끼고 한 손으로 턱을 어루만졌다. 뭐, 나도 맡아본 적은 없어, 하고 오니키리는 말을 이었다. 아이 배 속에서 천둥 같은 요란한 소리가 들리기에 오니키리는 계속 들고 다녔던 편의점 비닐봉지에서 마지막으로 남아 있던 닭튀김과 크로켓을 꺼내서 먹으라고 내밀었다. 아이는 뭘 받을 때는 그래도 돼요? 하고 존댓말을 썼다. 괜찮아, 하고 고개를 끄덕이자 아이는 황공하옵니다, 라고 말하고는 우적우적 먹기 시작했다. 오니키리는 한기를 느끼고 기둥 뒤에 있는 자판기에서 녹차를 두 개 사서 아이에게도 주었다. 그러자 아이는 다시 황공할 지경이옵니다, 라고 말하며 어깨를 움츠리고 아랫입술을 비죽 내밀어 우스꽝스러운 표정을 지었다. 오니키리는 하라 선배가 있다면 자판기가 작동하다니 굉장하다고, 따뜻한 음료가 아무렇지도 않게 나오다니 굉장하다고 말하고 싶었다. 아이는 음식까지 줬는데 장난을 쳤다고 오니키리가 기분이 상해 무시한다고 생각했는지 정말 고맙습니다, 하고 다시 인사를 했다.

"따뜻하니 맛있네요."

"비 오는 날이니까."

기둥 앞에서 낯선 아이와 나란히 캔에 든 녹차를 마셨다. 이상한 날이다. 하지만 나쁘지는 않다. 매일 이러라고 한다면 못 견디겠지만. 아이는 아까 급행열차를 타려던 아저씨에게 떠밀려 넘어졌다고 씩씩거렸다. 오니키리는 다들 자기 문제로 필사적이긴 하지만 너무하네, 하고 고개를 끄덕거렸다.

차를 다 마셨을 때쯤, 그제야 보통열차가 왔다. 전광판을 보고 전철이 들어온다는 사실을 알아챈 오니키리는 성큼성큼 플랫폼의 노란 선 안쪽으로 다가가 때마침 들어온 차량에 재빨리 올라타서 아이가 앉을 자리까지 잡아두었다. 아이는 고맙습니다, 고맙습니다, 하고 이번에는 묘하게 엄숙한 태도로 오니키리 옆에 앉았다. 보통열차는 심하게 붐비지는 않았고 모든 좌석과 손잡이가 찼을 때쯤 출발했다. 플랫폼을 서성거리는 사람들은 급행열차를 기다리는 것 같았다. 오니키리는 이런 상황에서도 모두들 가급적 빠른 전철을 타고 돌아가고 싶다는 욕망을 품고 있다는 사실이 흥미로웠다.

"비가 퍼부어서 정말 추웠지만 사람들의 온정을 느낀 하루였어." 아이는 비옷을 벗어 접으면서 어른스러운 소리를 했다. "아까 형한테 닭튀김도 받았지만 이 비옷이랑 우산도 그래. 누가 준 건데 돌려준다는 걸 깜빡했어. 이걸 준 사람이 없었다면 난 여기까지 못 왔을 거야."

"그렇구나, 좋은 사람들이 많네. 어떤 사람이었어?"

"간척지에서 일하는 회사원인 것 같았어. 셔틀버스를 놓쳤대. 좋은 사람인 것 같던데 이혼해서 아내가 아이를 데려갔대. 인생은 참 모를 일이야."

아이는 어깨를 으쓱하더니 접은 비옷을 둘둘 말았다.

"간척지에서 일하는 사람이라면 또 만날 수 있겠지. 나도 거기서 일하는데, 셔틀버스로 다니니까 어쩌면 어디선가 만났을지도 모르겠네."

그럼 형한테 내 연락처를 알려줄 테니 그 사람을 만나면 비웃고 우산을 돌려주고 싶다고 전해줘, 하고 아이는 그 회사원의 외모를 줄줄 설명해댔다. 오니키리는 그 설명을 휴대전화로 메모하면서 어차피 내일 가게에 가서 바꿔야 하니 이 메모는 집에 돌아가서 어딘가에 옮겨놔야겠다고 생각했다. 다음에는 아까 버스 정류장에서 쓰러진 사람이 갖고 있던 DMB를 볼 수 있는 기종을 사야겠다. 하지만 하라 선배의 스마트폰도 재미있어 보였는데, 하고 오니키리는 선뜻 결정을 내리지 못했다.

"내일 헤어져서 사는 아이를 만나러 간대. 왠지 자신 없는 모습이었지만 아마 좋은 아버지일 거야. 난 그렇게 생각해."

아이는 빠르게 말하고 요란하게 하품을 하더니 의자에 기대어 눈을 감아버렸다. 오니키리는 아이의 까까머리 너머로 여전히 비가 내리는 바깥 풍경을 바라보았다. 곧 다음 역에 도착한다는 안내 방송과 함께 전철은 속도를 줄이기 시작했다. 건물 폭이 넓은, 10여 층은 족히 되는 커다란 맨션 바로 옆을 지나고 있다. 거의 모든 창에 불이 켜져 있었다. 몇몇 집은 사람들이 움직이는 모습도 보였다. 오니키리는 무심코 입을 벌리고 도취에 가까운 감정에 사로잡혀 맨션의 집들에 켜진 불빛을 눈으로 좇았다. 집으로 돌아가 불을 켠다. 그 행동을 기적이라고 생각했던 여운이 아직 남아 있었다.

꾸벅꾸벅 졸던 까까머리 아이가 갑자기 몸을 숙이더니 요란하게 재채기를 했다. 오니키리는 그 소리에 정신을 빼앗기면서도 오랜만에 부모님께 전화를 해봐야겠다고 생각했다. 연락해야지, 해야지 하면서 한동안 하지 못했던 친구라도 상관없다. 비가 굉장했어. 지금 집에 있다는 사실이 놀라워. 그쪽은 어때? 그렇게 말하는 것이다.

　불길한 기침 소리와 안도의 한숨 소리를 들으며 오니키리는 주전자의 물이 끓기를 기다리는 제 모습을 상상했다. 졸음이 밀려와 자꾸 눈이 감겼다. 아, 자다가 못 내리면 큰일 나는데 너무 졸려! 아이가 옆에서 그렇게 말하며 두 손으로 까까머리를 찰싹찰싹 때리고 있었다.

(절대 다수라 믿어 의심치 않는, 먹고 살기 위해 어쩔 수 없이 일주일에 닷새 혹은 그 이상 출근해야 하는 회사원들의 입장에 입각해 쓴 후기입니다.)

세계일주 크루즈 비용을 모으기 위해 매일 가계부를 쓰고 돈이 들지 않는 라임포토스 메뉴를 고민하며 절약하는 나가세, 상사에게 부조리한 핍박을 받다가 새로운 결심을 하는 쓰가와의 이야기로 직장 여성들의 많은 공감을 산 《라임포토스의 배》의 작가 쓰무라 기쿠코가 이번에는 경쾌한 오피스 라이프를 그린 《어쨌든 집으로 돌아갑니다》로 찾아왔습니다.

이것 참, 출근길에 읽으면 위험한 책이 아닐 수 없습니다. 제목부터 너무 자극적입니다. 매일 아침 반복되는 '출근하기 싫다'는 강력한 바람만큼이나 간절한 소원, 모든 회사원들에게 '집으로 돌아간다'는 것보다 더 향기롭고 위험한 유혹이 어디 있겠습니까?

《어쨌든 집으로 돌아갑니다》에는 회사 내 인간관계를 세밀한 시선으로 조용히 관찰하는 도리카이가 회사 내의 소소한 부조리와 비매너를 그린 네 가지 에피소드 〈직장의 매너〉, 그런 도리카이의 낙이라 할 수 있는 스포츠 관전 취미를 둘러싼 〈바릴로체의 후안 카를로스 몰리나〉, 악천후를 뚫고 기를 쓰고 퇴근하는 회사원들의 고군분투를 그린 표제작 〈어쨌든 집으로 돌아갑니다〉가 실려 있습니다.

먼저 〈직장의 매너〉를 살펴보면, 회사를 그만둘 정도로 심각한 문제는 아니지만 하루하루 겪는다면 아주 짜증 제대로일 에피소드들로 구성되어 있습니다.

흔히 회사의 구성원들을 톱니바퀴에 비유하곤 합니다. 얼마든지 대체 가능하며, 서로 맞물려 돌아간다는 것이 톱니바퀴의 특성이라 할 수 있겠습니다. 회사 업무는 단독으로 끝나는 게 아니라 회사 여러 부서를 거쳐야 하는 경우가 많은데 〈블랙박스〉의 다가미 씨처럼 단조로운 지원 업무를 맡고 있는 경우 상대는 무심코 '당연히 그게 일이니까' 자기가 일을 넘긴 시간은 고려하지도 않고 '필요한 시간에 맞춰서 끝내놓은 게 당연'하다고 생각하는 경우가 많은 것 같습니다. 이는 비단 회사 업무만이 아니라 사회 전반에서도 찾아볼 수 있는 자의적인 시간 해석일지도 모릅니다. (마감도 마찬가지라 원고는 늦게 넘기는 주제에 빠른 입금을 바라는 실수를 자주 범하곤 합니다만……)

'일 잘하는 사람이 받는 선물은 일'이라는 우스갯소리처럼, 도리카이의 입을 통해 작가는 '일 잘한다고 자존심을 세워주는 말에는 반드시 대가가 따른다. 즉 쓰레기통에 쓰레기를 버리듯 툭 던지는 일을 받게 된다'라는 따끔한 충고를 해줍니다. 일을 빨리 처리할 수 있는 것은 개인의 능력에 따른 차이지, 사실 상식적인 소요 시간이라는 것이 분명 존재할 텐데 한번 억지를 들어주면 그것을 당연시하는 사람들이 꼭 나타나기 마련입니다. 그런 비극적인 습성을 잘 파악하고 있는 다가미 씨는 모나지 않게, 자기만의 방법으로 우아하게 '업무의 격'을 지킵니다. 싫은 소리를 듣지 않으려고 무리해서 처리해주는 게 아니라, 다소 일 못하는 사람, 답답한 사람이라는 손가락질을 받으면서도 업무 처리를 위한 최소한의 상식적인 시간을 확보하는 것입니다. 여기서 중요한 건 다가미 씨가 정말 '일 못하는 사람'이 아니라 '일 못하는 척하는 사람'이 되어, 그렇더라도 주어진 일은 확실하게 끝내는 사람이라는 사실입니다.

〈블랙홀〉의 마미야 씨처럼 남의 물건을 가볍게 다루는 사람은 의외로 많습니다. 특히나 회사라는 공간에서는 사무실 책상 위에 있는 모든 물건을 '비품=회사 소유=나도 쓸 수 있는 물건'이라고 생각하는 사람들이 가끔 있는 것 같습니다. 비품이라 해도 받아 온 순간 그 사람이 관리하는 소유물이 되는데, 단조로운 무채색 회사 생활에 약간이라도 활력이 되기를 바라며 개인 비용으로 마련한 문구류를 누군가가 허락도 없이 쓰고 돌려줄 생각도 하지 않을 때의 그 짜증스러움이란 당해보지 않은 사람은 모를 것입니다. 사비로 산 거니 다른 걸 쓰세요, 돌려주세요, 라고 말하는 순간 정당한 주장은 쩨쩨한 생색으로 비난을 받게 되니 참으로 억울한 노릇입니다.

〈무시가 상책〉은 본인이 밝히려 하지 않는 집안 배경이나 유명인 친척 이야기를 꺼내며 괜히 아는 척하는 상사 때문에 스트레스를 받는 선배 조노우치를 바라보는 도리카이의 시선으로 그려진 이야기입니다. 좋게 말해 오지랖 넓은 거고 나쁘게 말하면 사생활 침해에 가까운 행동을 하는 기타와키 부장은 결국 그런 행동 때문에 직원들의 '선의'에서 우러난 도움을 받지 못하게 되어 업무에도 고충을 겪게 됩니다. 싫은 사람이 있어도 매일 얼굴을 마주칠 수밖에 없는 회사라는 공간에서 말 한 마디로 당사자는 물론 그 상황을 지켜보는 주변 사람에게도 스트레스를 뿌리고 다니는 기타와키 부장 같은 인물은 그러지 말란다고 들을 것 같지도 않으니, 말 그대로 '무시'하는 게 상책일 것 같습니다.

독감이 유행하는 가운데 기침을 해대면서도 끝까지 마스크를 쓸 생각을 하지 않는 야마자키를 보며 짜증스러운 마음을 금치 못하는 도리카이의 심정이 재미있게 그려진 〈소규모 팬데믹〉을 보고 저는 작년 메르스 사태가 떠올랐습니다. 저도 한동안 예방 차원에서 내내 마스크를 쓰고 다녔는데 주변 사람들에게 호들갑을 떤다, 일본어 공부한 사람이라 까다롭다(!)라는 말까지 들은 적이 있습니다. 손 씻기, 마스크 쓰기 등 개인위생 관리를 경시하는 경우, 병원균을 뿌리고 다니는 본인도 물론 병에 걸리겠지만 주위에 있는 사람들을 위험에 노출시킨다는 점에서 참으로 답답한 노릇이 아닐 수 없습니다.

　도리카이와 회사 동료들이 등장하는 마지막 작품 〈바릴로체의 후안 카를로스 몰리나〉는 조노우치 선배의 마이너스 기운을 엿볼 수 있는 단편으로, '연예인 걱정이 세상에서 가장 쓸데없다'는 것을 단적으로 보여주는 작품입니다. 비주류 종목, 비주류 선수를 지켜보며 일희일비하는 도리카이를 비웃기라도 하듯 세상은 너무나 태연히 알아서 굴러갑니다.

　표제작 〈어쨌든 집으로 돌아갑니다〉에서는 쓰무라 기쿠코 특유의 차분한 위트가 돋보입니다. 대중교통이 마비될 정도의 악천후, 폭풍우가 조금 잠잠해질 때까지 기다리는 게 현명할지도 모르지만 우리의 두 주인공 하라와 오니키리는 기를 쓰고 집으로 돌아가려 합니다. '즐거운 곳에서는 날 오라 하여도 내 쉴 곳은 작은 집 내 집뿐이리'라는 유명한 노래 가사처럼 그렇지 않아도 회사원들에게 퇴근 후 집에서 보내는 안락한 시간은 무엇과도 바꿀 수 없는 행복인데, 하물며 바깥에는 한 치 앞도 보이지 않을 정도로 거센 폭풍우가 휘몰

아친다면 보금자리에 대한 사무치는 그리움을 어떻게 말로 표현할 수 있을까요? 거기에 오랫동안 기다려왔던 택배까지 와 있다면! 집에서 먹을 생각만 해도 군침이 도는 편의점 닭 튀김이 비에 젖을까봐 세 겹으로 포장해달라는 '오니키리'라 는 캐릭터는 단조로운 회사 생활 속에서 결코 잃어버려서는, 포기해서는 안 될 소소한 행복을 형상화한 듯한 인물입니다.

집에 가려고 온갖 노력을 하는 회사원들의 이 이야기는 다 소 건방진 초등학생 미쓰구를 둘러싸고 훈훈한 결말로 끝납 니다. 근무만으로도 지치는데 날씨까지 도와주지 않아 집에 돌아가는 길이 천근만근 같은 회사원들. 그렇지만 폭우 속에 서도 낯선 이들끼리 서로 도와가는 모습, 폭우도 진정되고 중단되었던 대중교통이 복구되면서 집으로 돌아갈 수단을 되찾아 따스한 집을 그리며 휴일의 계획을 세우는 모습을 보 면 괜히 흐뭇한 미소가 떠오릅니다.

김선영

옮긴이 **김선영**

한국 외국어대학교 일본어과를 졸업했다. 방송을 비롯한 다양한 매체에서 전문번역가로 활동했으며 현재는 일본문학 번역을 주로 하고 있다. 옮긴 책으로는 《라임포토스의 배》《야경》《봄철 한정 딸기 타르트 사건》《고백》《꽃 사슬》《열쇠 없는 꿈을 꾸다》《츠나구》《불쌍하구나?》 등이 있다.

어쨌든 집으로 돌아갑니다

초판 1쇄 인쇄 2016년 10월 14일
초판 1쇄 발행 2016년 10월 24일

지은이 쓰무라 기쿠코
옮긴이 김선영
펴낸이 이기섭
편집인 김수영
기획편집 김수현 임선영
마케팅 조재성 정윤성 한성진 정영은 박신영
경영지원 김미란 장혜정

펴낸곳 한겨레출판(주) www.hanibook.co.kr
주소 서울시 마포구 효창목길 6(공덕동) 한겨레신문사 4층
전화 02-6383-1602~3
팩스 02-6383-1610
메일 literature@hanibook.co.kr

ISBN 979-11-6040-006-9 03830